KB114813

FUSION FANTASTIC STORY

SOKIN 장편소설

재벌 작가

재벌 작가 4

SOKIN 장편소설

초판 1쇄 찍은 날 § 2017년 12월 14일
초판 1쇄 펴낸 날 § 2017년 12월 21일

지은이 § SOKIN
펴낸이 § 서경석

총괄팀장 § 최하나
편집책임 § 김경민
편집 § 이종식

펴낸곳 § 도서출판 청어람
등록번호 § 제387-1999-000006호
등록일자 § 1999. 5. 31
어람번호 § 제1-2812호

주소 § 경기도 부천시 부일로 483번길 40 서경B/D 3F (우) 14640
전화 § 032-656-4452   팩스 § 032-656-4453
http://www.chungeoram.com
E-mail § chungeorambook@daum.net

ⓒ SOKIN, 2017

ISBN 979-11-04-91575-8 04810
ISBN 979-11-04-91484-3 (세트)

FUSION FANTASTIC STORY

SOKIN 장편소설

재벌 작가

4

청어람

Contents

제1장 자유 훈장 · 007

제2장 조용한 나날 · 055

제3장 창조된 세계 I · 081

제4장 창조된 세계 II · 131

제5장 어린놈의 자식이 I · 189

제6장 어린놈의 자식이 II · 263

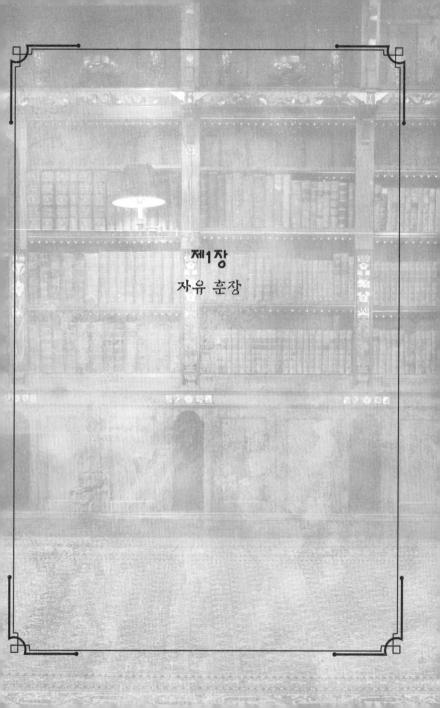

제1장

자유 훈장

　가장 선두에 서서 마이크를 잡은 우민을 카타리나가 걱정스럽게 바라보았다.

　옆에 있던 카타리나의 아버지는 화를 내는 중이었다.

　"타냐! 아버지 말은 끝까지 무시하는 거냐? 여기는 위험하다고 몇 번을 말해야 알아듣겠어!"

　"위험하면 아빠 먼저 가라고 말했잖아. 나는 친구랑 같이 있을 거야."

　"카타리나! 정신 안 차릴 거야!"

　꽉 잡힌 손목에서 느껴지는 힘에 카타리나가 인상을 찡그렸다. 그래도 카타리나의 아버지는 손을 놓을 생각이 없었다.

어떻게든 딸을 이 위험한 곳에서 끌고 나가야 한다.

시위가 벌어지는 이곳에서는 무슨 일이 벌어질지 모른다.

"정신 똑바로 차렸으니까 여기 있는 거야. 아빠, 사람은 누구나 혼자 살 수 없기 때문에 관계를 맺고 살아. 그런데 내가 관계를 맺고 있는 사람이 불행하다면 내가 행복할 수 있을까?"

선두에 있던 우민이 말을 시작했는지 스피커에서 큰 소리가 흘러나왔다.

소리가 너무 커 딸의 말이 잘 들리지 않을 지경이었다. 카타리나의 아버지가 목청을 높였다.

"그냥 다른 친구 사귀면 되잖아!"

"친구가 공장에서 만들어내는 공산품처럼 대체되는 상품은 아니잖아?"

말리기 위해 이곳까지 쫓아왔건만 도저히 딸의 결심을 돌릴 수가 없었다.

카타리나의 아버지도 어쩔 수 없이 자리를 지켰다.

*　　　　　*　　　　　*

연설문의 시작은 미국의 독립선언문이었다.

"인류의 역사에서 한 민족이 다른 민족과의 정치적 결합을 해체하고… 즉 모든 사람은 평등하게 태어났고, 창조주는 몇 개의 양도할 수 없는 권리를 부여했다. 그 권리 중에는 생명과 자유와 행복의 추구가 있다."

여기까지 읽어 내려간 우민이 같은 부분을 다시 한번 반복해서 읽었다.

"모든 사람은 평등하게 태어났고, 창조주는 몇 개의 양도할 수 없는 권리를 부여했다. 그 권리 중에는 생명과 자유와 행복의 추구가 있다."

우민의 앞쪽에서는 표현할 수 없는 온갖 욕설들이 날아들었다. 하지만 우민은 멈추지 않고, 다시 한번 읽어 내려갔다.

"모든 사람은 평등하게 태어났고, 창조주는 몇 개의 양도할 수 없는 권리를 부여했다. 그 권리 중에는 생명과 자유와 행복의 추구가 있다."

우민이 잠시 말을 멈추고 숨을 골랐다.

"이러한 권리가 가장 잘 지켜지던 나라가 바로 미국이었습니다. 그래서 지금까지 세계 최강대국의 위치를 유지할 수 있었습니다."

최강대국이라는 말에 반응한 건지 야유를 보내던 사람들 중에 몇몇이 귀를 기울이기 시작했다.

"여러분들은 바로 그런 나라의 시민입니다. 충분히 자부심을 가질 만합니다."

적절히 섞인 칭찬에 고개를 끄덕이는 사람도 있었다. 우민의 말에 동의한다는 뜻이었다.

"미국은 여전히 위대한 나라입니다."

자신들을 비판하는 내용일 거라 생각해 야유를 보내던 사람들의 움직임이 잠잠해졌다.

Great America.

현 대통령의 선거 구호이기도 했다. 야유를 보낸 이들의 대부분이 현직 대통령의 지지자들이라 우민의 하는 말에 비판할 거리를 찾지 못했다. 간혹 듣기 싫은 듯 귀를 막는 사람들도 보였다.

그러나 대형 스피커에서 흘러나오는 소리는 귀를 막는다고 해서 막을 수 있는 크기가 아니었다.

온몸 전체에 우민의 말이 전달되었다.

"제 나이는 올해 16살입니다. 아마 제 말을 듣고 있는 분들 중에 제 또래의 아이를 가지신 분들도 계실 겁니다."

우민이 나이를 밝히자 야유 소리를 더욱 잦아들고 웅성거림은 한층 커져갔다.

16살.

미성년자.

어린 나이.

아이를 보면 웃음이 나오고, 지켜줘야 하는 존재로 인식하는 건 세계 모든 나라의 사람이 공통적으로 느끼는 감정이다.

우민은 그런 감정에 호소했다.

"이렇게 어린 제가 마이크를 잡고 말할 수 있는 기회가 있고, 그걸 들어주는 여러분들이 있습니다. 평등, 자유 등등의 가치가 여전히 지켜지고 있다는 뜻이라 생각합니다."

개중에는 우민의 말에 동요하지 않고, 끊임없이 욕설을 퍼붓는 사람들도 있었다.

손을 곧추세우고, 입을 멈추지 않았다. 그래도 분이 풀리지 않는지 마이크를 잡고 있는 우민을 향해 들고 있던 햄버거를 집어 던졌다.

퍼억.

맞은 위치가 절묘했다.

머리에 맞은 햄버거는 양념과 패티, 야채들이 분리되어 우민의 머리카락을 타고 흘러내렸다.

성인이 맞았어도 동정심을 자아낼 만한 모습이었다. 하물며 16살의 소년이다.

시위대의 분위기가 바뀐 것이 피부로 느껴질 정도였다. 우민의 턱 끝까지 흘러내린 양배추가 툭 하고 바닥으로 떨어졌다.

"그렇기에 미국은 여전히 위대한 나라입니다."

근처에 있던 카메라들이 실시간으로 현장의 분위기를 방송사로 전달했다. 특히나 우민의 모습이 클로즈업되고 있었다. 햄버거를 뒤집어쓴 작은 소년이 하는 말.

"이런 제게도 미국을 사랑할 기회를 주시면 안 되겠습니까?"

우민은 마지막 목소리를 일부러 살짝 떨었다. 듣는 사람으로 하여금 마치 울먹이는 것처럼 느껴지게 만들었다.

햄버거와 함께 상승효과를 일으켰다.

우민의 앞쪽에서 야유를 보내는 사람이 더 이상 보이지 않았다. 오히려 욕하는 사람을 욕하는 분위기가 형성되었다.

숙연한 분위기가 형성되며, 그 자리의 많은 사람들이 가슴이 먹먹한 듯 쉽게 말을 꺼내지 못했다.

*   *   *

<이런 제게도 미국을 사랑할 기회를 주시면 안 되겠습니까?>

다음 날, 미국의 모든 신문이 헤드라인으로 뽑은 기사의 제목이었다. 레이먼드가 언짢은 표정으로 보고 있던 신문을 접었다.

"이거, '디트로이트' 소설 이야기는 소리 소문 없이 사라져 버렸어."

"그 정도가 아닙니다. 인터넷에서부터 언론까지 온통 어제 있었던 사건에 대한 이야기뿐입니다. '마이크를 잡은 아이가 햄버거를 뒤집어쓴 모습'은 마치 자유의 상징처럼 그려지고 있고요."

"허허, 이것 참… 그래, 그 친구 약력은 찾아봤나?"

"네. 현재 트렐로 스쿨에 재학 중인 것으로 확인되었습니다. 현재까지 출판한 책만 3권. 그것도 전부 베스트셀러에 안착했습니다. 더구나 미국에 오기 전 한국에서의 활약도 대단했습니다."

"그래?"

"8살 때부터 글쓰기에 두각을 나타낸 것 같습니다. 한국에서도 책을 내고, 드라마 작가로 활동한 이력이 있었습니다."

레이먼드가 턱을 문지르며 생각에 잠겼다. 충분히 능력이 있는 아이인 건 확실했다.

호소력 짙은 연설문이 그저 갑자기 튀어나온 게 아니었다. 옆자리를 차지하고 앉아 있던 보좌관이 설명을 이어갔다.

"알아보니 손석민이 사장으로 있는 W 에이전시와 계약이 되어 있는데 어제 시위대 현장에 있던 스피커들은 모두 그쪽에서 준비한 거라고 합니다."

"사전에 기획되었다는 뜻이군."

"맞습니다. 시위대를 조직하기 위해 SNS을 통해서, 또 아는 사람을 총동원한 것으로 보입니다."

"그중에서 노아 테일러가 있었단 말이지."

"네. 하필이면 그 노아 테일러입니다."

노아 테일러.

유명 작가이자 대표적인 반정부 인사였다.

"휴우… 쉬운 일이 없구면. 그래서 앞으로 우리가 어떻게 행동해야 할까? 16살 소년이 머리에 햄버거를 뒤집어쓴 채 미국을 사랑할 수 있는 기회를 달라고 했어. 대답을 해줘야 하지 않겠나."

보좌관이 잠시 뜸을 들였다. 과연 이런 말을 해도 되는지 고민하는 것이다.

레이먼드가 괜찮다며 보좌관을 재촉했다.

"어서 말해보게. 지금 찬물 더운물 가릴 때가 아냐. 이대로라면 마치 우리가 정말 악당이 되어버릴 지경이니까."

"혹시 자유 훈장이라고 아십니까?"

자유 훈장.

미국의 대통령이 수여하는 상으로 세계 평화, 문화, 기타 중대한 공적이나 국가적 관심에 칭찬할 만한 기여를 한 일반인에게 주어지는 상이었다.

　민간인이 받을 수 있는 최고의 상. 그야말로 더할 나위 없이 영광스러운 상이었다.

　자유 훈장이라는 말에 레이먼드가 깜짝 놀라 되물었다.

　"…뭐?"

　"지금 언론에서 떠드는 걸 보십시오. 마치 그 아이가 자유의 상징인 양, 미국이 나아가야 할 방향인 양 묘사하고 있습니다. 저희는 그걸 막는 장애물일 뿐이고요. 파격은 파격으로 대응해야 합니다."

　"그래도 그건 너무 과하지 않은가? 아무도 찬성하지 않을걸세."

　"16살 소년이 햄버거를 뒤집어쓴 채 '위대한 미국을 사랑할 기회를 달라'고 했습니다. 태풍은 아직 시작되지도 않았습니다. 샤이 지지층에서부터 보수 진영에서까지 그 아이에게 감정을 이입할 겁니다."

　"……."

　"이성보다 감정이 먼저 움직일 겁니다. 의원님도 아시잖습니까. 그럴 때 어떤 일이 일어나는지를……."

　보좌관이 말을 마치고 차 안에는 침묵이 찾아왔다.

＊　　　　＊　　　　＊

미국 전역에 한 장의 이미지가 퍼졌다.

머리에 햄버거를 맞은 채 마이크를 들고 있는 소년. 동양의 작은 나라에서 온 소년은 그 와중에도 분노를 내비치지 않고 미국을 사랑할 수 있는 기회를 달라며 호소했다.

어찌 응답하지 않을 수 있으랴.

우민의 SNS 팔로워 숫자의 변화만으로도 단박에 알 수 있었다.

2,314만 명.

불과 며칠 사이에 생긴 변화였다.

"우와! 너 팔로워가 2천만 명을 넘었어… 너 이제 월드 스타 된 거니?"

이미지는 미국 내에서만 퍼진 게 아니었다. 16살 어린 소년의 호소는 미국을 넘어 유럽, 아시아 전역으로 퍼져 나갔다.

세계 각국에서 소년에 대한 동정 어린 시선이 이어졌다. 누군가는 그 소년을 자유의 수호자로, 누군가는 미래의 희망으로 부르길 주저하지 않았다.

"어차피 조금 시간만 흐르면 사그라질 거품이야."

"아무리 거품이라 해도 그렇지 2천만이라니… 너 팔로워 숫자로만 치면 세계에서 10위권 안에 든다는 사실은 알고 있는 거야?"

"지금은 그런 게 중요한 게 아니란 사실은 알고 있지."

담담한 우민의 말에 오히려 카타리나가 호들갑을 떨며 말했다.

"너 아저씨한테 못 들었어? 지금 각국에서 네 책 출판하겠다고 오퍼가 엄청나게 오고 있다는 말 진짜 못 들어서 하는 말이야?"

우민이 뭐라고 말할 새도 없이 카타리나가 말을 이었다.

"세계적인 베스트셀러 작가가 될 수 있다는 말이야!"

"그거야 언젠가는 당연히 될 거였어. 내가 이번에 나선 건 그런 부차적인 이유 때문이 아니야."

"그럼 무슨 이유인데. 뭣 때문에 위험을 무릅쓰고, 그런 짓을 벌인 건데?"

우민은 이번에도 대답하지 않고, 그저 침대에 앉아 먼 산을 바라보았다.

베스트셀러 작가라면 언제든 될 자신이 있었다. 미국에서 통했으니 전 세계에서도 통할 거라는 확신이 있었다.

드르륵.

순간 우민의 핸드폰이 진동음을 토했다. 발신자를 보니 모르는 번호였다.

우민이 핸드폰을 들고 전화를 받았다.

─백악관입니다.

"백악관… 이요?"

─자세한 이야기는 만나서 말씀 나누고 싶습니다. 그쪽에
사람을 보내도 될까요?

"네."

─그럼 다시 연락드리겠습니다.

짧은 대화였다. 카타리나의 두 눈은 더할 나위 없이 커진
상태였다. 그런 카타리나에게 우민이 말했다.

"방금 그 이유에게서 전화가 왔네. 뭐, 목표는 아니지만 출
발점은 될 수 있겠지."

우민이 싱그럽게 웃어 보였다. 카타리나에게 그런 우민은
마치 딴 세상 사람처럼 보일 뿐이었다.

＊   ＊   ＊

미국 집 정리는 손석민에게 맡기고 먼저 한국으로 돌아온
지 며칠 되지도 않았다.

아들 걱정에 다시 미국으로 돌아가야 하는 건 아닌가 고민
하던 차였다.

뉴스를 보던 박은영이 놀라 기함을 토했다.

"우민아!"

햄버거 소스를 뒤집어쓴 아들이 마이크를 잡고 사람들 앞

에서 열변을 토하고 있었다.

전부 다 영어. 아직 짧은 영어 실력의 박은영에게는 내용이 잘 들리지 않았다.

단지 한 장의 이미지만이 뇌리에 박혀 떠나가질 않았다.

저게 무슨 수난이란 말인가. 저런 수모까지 당하며 미국에 남아 있을 이유가 없어 보였다.

박은영이 당장 핸드폰을 집어 들었다.

뚜르르르르.

뚜르르르르.

시차 때문인지 아들에게 연락이 닿질 않았다. 급한 마음에 손석민에게 전화를 걸어보았다.

연결이 되자마자 박은영이 우민의 안부부터 물었다.

"별일 없다는 거 정말이에요?"

─네. 정말 아무 일도 없었어요. 햄버거 장면도 그저 퍼포 먼스에 불과합니다.

"아니, 무슨 퍼포먼스를 저렇게 애처롭게 한답니까… 주변 에 사람도 많아 보이고, 당장에라도 달려들 것처럼 위협하는 사람들도 많이 보이는데……."

박은영을 안심시키기 위해서인지 손석민이 너털웃음을 터 뜨렸다.

─하하, 걱정하실까 봐 어머니께만 살짝 말씀드리는 건데

그거 전부 짜고 치는 겁니다. 우민이랑 다 계획해서 하는 거니까 걱정하지 마세요."

"그, 그렇다면 다행이지만 뉴스에서는……."

—넷링크 본사 앞, 한국인 유학생 이우민 군의 연설이 세계인들의 심금을 울리고 있습니다.

—16살의 이우민 군은 백인 우월주의를 반대하는 시위에 참가해 준비한 연설문을 읽던 도중 시위대가 던진 햄버거에 맞으면서도 의연하게 대처, 끝까지 연설문을 읽어 내려갔습니다.

—그 내용에 담긴 진심에 세계가 반응하고 있는 겁니다.

손석민도 전화기 너머로 들려오는 한국의 뉴스를 듣고 있었다. 이대로라면 걱정이 더 심해질 것 같아 말을 돌렸다.

—그나저나 한국 베스트셀러 순위 보셨습니까? 지금 우민의 책이 난리입니다. 서점가에서 돌풍을 일으키고 있습니다.

"그, 그래요?"

—네. 저 모습이 방송에 나가고 나서부터 한국, 미국만이 아니라 전 세계에서 우민의 책이 날개 돋친 듯 팔려 나가고 있습니다.

아들이 잘되고 있다는 말에 싫어하는 어머니는 없다. 박은
영도 슬프지만 기뻤다.

"그, 그건 다행이지만."

―그러니까 너무 걱정하지 마세요. 우민이 잘 아시잖아요.
누구보다 잘 해낼 거라는 거. 제가 미국에서 잘 보살필 테니
까 어머니도 한국에서 응원해 주세요.

옆에 손석민이 있었기에 박은영도 한국으로 돌아올 수 있
었다. 만약 그의 존재가 없었다면 우민이 어떤 말을 해도 한
국으로 다시 돌아오지 않았으리라.

"아, 알았어요. 우리 우민이, 우민이 잘 부탁드립니다."

―그럼요! 물론입니다.

일부러 쾌활하게 답하며 전화를 끊었다. 그러나 전화를 끊
은 손석민의 표정은 한없이 굳어 있었다.

"얘는 대체 무슨 일을 벌이는 건지……."

손석민의 혼잣말에는 우민에 대한 걱정이 잔뜩 담겨 있었
다.

*　　　　*　　　　*

백악관.

화이트 하우스.

미국 대통령이 업무를 보는 곳.

바로 그곳에서 전화가 왔다. 우민도 미처 예상치 못했다. 잘해야 미국 시민 단체나 언론에서 접촉해 올 것이라 생각했다.

그걸 시작으로 백인 우월주의 세력을 축소시키면 그게 바로 어머니에 대한 복수라 생각했다.

"너도 거기까지는 생각하지 못했겠지……."

"효과가 제대로 먹혀 들어간 수준을 넘어서 'Too Much' 했어요. 제 실력이 이렇게까지 뛰어날 줄 저도 오늘에서야 알았습니다."

우민의 농담에 손석민이 헛웃음을 터뜨렸다.

"하하, 너는 네가 생각하는 이상으로 대단한 녀석이라는 걸 이제라도 알았으니 다행이다."

"소설이나 편지로 사람들의 마음을 움직여 본 적은 있지만 이렇게 연설문을 이용해 본 적은 없어요. 우연찮게 가미된 양념 덕분에 저도 감당할 수 없을 지경이에요."

"그런데… 정말 네가 준비시킨 건 아니지?"

손석민은 햄버거를 던진 사람이 사전에 준비된 연기가 아닐까 의심하는 중이었다.

자신에게 스피커를 준비시키고, 별도로 절묘한 타이밍에 햄버거를 던지게 해서 연설문의 효과를 극대화시키기 위한 장치가 아니었나 하는 의심을 거둘 수가 없었다.

우민의 영악함이야 이미 충분히 경험하지 않았던가.

"진짜 이번에는 저 아니에요."

똑똑똑.

문을 두드리는 소리에 우민이 입을 닫으며 안색을 굳혔다. 백악관 사람이 도착했다는 뜻이었다.

훤칠한 키의 호남형 인상이었다. 물론 백인이었고, 금발기가 도는 머리카락이었다.

"홍보실에서 일하고 있는 알렉스라고 합니다."

"손석민입니다."

"아! 우민 군 후견인이시라는 분 맞습니까?"

"네."

알렉스가 시선을 돌려 우민을 바라보았다. 입꼬리가 올라간 것이 웃고 있는 것 같았지만 눈가는 일말의 미동도 없었다.

왠지 풍기는 분위기도 대니얼과 비슷했다.

"방송에서 보던 것과는 사뭇 다른 모습이군요. 그저 작은 소년이라 생각했었는데 가까이서 보니……."

잠시 뜸을 들이던 알렉스가 말을 이었다.

"동양인 소년이 확실하군요. 하하."

스스로는 농담이라 생각했는지 웃어 보이기까지 했다. 나사하나는 빠진 것 같은 모습에 우민이 어이가 없다는 듯 알렉스를 바라보았다.

정말 백악관에서 나온 게 맞기는 한 건가.

우민은 농담할 기분이 아니었다.

"나사 몇 개는 빠진 것 같아 보이시는 모습이 백악관에서 오신 게 확실해 보이는군요."

명백한 도발.

알렉스는 더 이상 웃지 않고 우민을 바라보았다.

"오늘은 그저 인사차 찾아온 겁니다. 하하, 너무 그렇게 겁 주지 않으셔도 돼요."

더 이상의 실랑이는 싫은지 손석민이 나섰다.

"정말 다른 용건은 없으신 겁니까? 그저 인사나 하자고 그 먼 워싱턴에서 이곳까지 오지는 않으셨을 것 같습니다만."

"하하, 참 멀긴 멀더군요. 왜 하필이면 여기까지 가보라고 한 건지, 올 때는 몰랐는데 와보니 알겠어요. 그대로 두었다가 는 더 큰일을 겪을 수도 있을 것 같군요."

홍보실 보좌관이라 자신을 밝힌 알렉스는 정확한 용건은 말하지 않고 계속 말을 빙빙 돌리며 우민을 관찰했다.

마치 어떤 사람인지 실제로 만나 파악하는 것이 임무인 양 한시도 눈을 떼지 않았다.

"제게 제안하실 게 없다면 이만 자리를 파해도 될까요? 아 시다시피 요즘 절 찾는 곳이 한두 군데가 아니라서요."

우민이 자리에서 일어나며 손석민에게 눈짓을 보냈다. 손석민도 엉거주춤 자리에서 일어났다.

"바로 다음 타임에는 뉴욕 타임스와 인터뷰, 그다음에는 ABC 방송국, 내일은……."

손석민이 약속이라도 한 것처럼 인터뷰 일정을 줄줄이 읊어나갔다.

자리에서 일어난 우민은 아예 문고리를 잡고 돌렸다.

"먼저 일어나 보겠습니다."

알렉스는 나가는 우민을 잡지 않은 채 말했다.

"하하, 이렇게 인기 있으신 분이니… 이거 다음번에는 꼭 큰 선물을 가져와야겠습니다."

"제발 그래주시길."

그 말을 끝으로 우민은 방을 나가 버렸다. 손석민도 뒤를 따랐다. 알렉스는 까칠하게 돋아난 턱수염을 만지며 생각에 잠겨 있었다.

*　　　　　*　　　　　*

가브리엘 클락은 다짐, 또 다짐했다. 우민의 차기작 계약을 꼭 따내겠다.

그래서 우민의 일거수일투족에 집중하며 쫓아다녔다. 물론 연설 현장에도 있었다.

그곳에서 마이크를 잡고 연설을 하는 모습도, 햄버거에 맞으면서도 굴하지 않고 말하는 모습도 모두 보았다.

그 모습을 보자 이제는 꼭 차기작을 따내지 못해도 괜찮다는 생각이 들었다.

저 친구가 정상적으로 이곳 미국에서 계속 집필 활동을 할 수 있기만을 바랐다.

그 바람을 담아 촛불을 들고 거리로 나왔다.

"America, land of opportunity."

"America, land of freedom."

"America, land of love."

서로 약속하지 않았음에도 서로 같은 구호를 외쳤다. 한 외국 어린아이의 처절한 외침이 사람들의 뇌리에 각인되어서일까. 행진을 거듭할수록 사람들의 숫자는 기하급수적으로 불어났다.

가브리엘 클락은 들고 있던 우민의 사진을 더욱 높이 들었다.

햄버거를 맞으면서도 목청을 높이는 우민의 모습이 생생하게 표현되어 있었다.

워싱턴 다운타운 한복판.

레이먼드는 기약 없이 차 속에 갇혀 있었다.

"이게 다 시위대라고?"

"네. 태풍은 이제 시작된 것뿐이라고 제가 말씀드리지 않았습니까."

지나가는 사람들은 저마다 촛불을 하나씩 들고 있었다. 몇몇은 우민의 사진을 들고 있었고, 또 몇몇은 시위대 구호를 힘껏 외치는 중이었다.

"규모가 어느 정도야?"

"지금 들어온 정보로는 20개 주에서 오백만 명 이상이 참가하고 있답니다."

20개 주. 오백만 명.

그 숫자에 놀란 레이먼드가 할 말을 잃었다.

"……."

"저희한테는 악재지만 햄버거가 아주 큰일을 해냈습니다."

악재 정도가 아니다. 이곳은 총기가 허용되는 미국이다. 오백만 명이면 전쟁도 할 수 있는 숫자.

자칫하다가는 국가 비상사태를 선포해야 할지도 모른다.

"아직 정말 그 방법밖에는 없다고 생각하나?"

"네. 그러면 시위대도 돌아설 겁니다. 지지율도 올라갈 확률이 아주 높을 겁니다. 이미 그런 이유로 백악관에서도 사람을 보내지 않았습니까?"

레이먼드는 여전히 내키지 않는지 긴 한숨을 내쉬었다.

보좌관이 말하는 자유 훈장.

그것이 가지는 의미가 결코 간단치 않기 때문이다.

1963년에 시작되어 미국이라는 나라, 또는 세계에 기여한 바가 적지 않은 민간인들을 대상으로 상을 수여한다.

꼭 미국 국민일 필요도 없다.

어떠한 금전적 혜택도 없이 오로지 명예만이 주어지는 것이지만 그 명예의 무게가 한없이 무거운 훈장이다.

긴 한숨 끝에 생각을 정리한 레이먼드가 말했다.

"알았네. 내가 한번 말해보지."

그렇지 않고서는 지금의 사달을 진정시킬 수 없을 것 같았다. 보좌관의 말대로 들불보다 빠르게 번져 미국 전체를 쓸어버릴 것만 같아 두려울 정도였다.

*   *   *

알렉스가 급하게 우민을 찾았다. 하지만 도통 전화 연결이 되질 않았다.

교장인 릴리 스위프트를 통해 연락을 취해보았지만 학교에도 병결을 내고 집으로 갔다는 말밖에 듣지 못했다.

얼마나 꽉 깨물었는지 입술에서는 한 줄기 핏방울이 비칠 정도였다.

"젠장!"

핸드폰을 열어 SNS 상황을 다시 한번 살폈다.

—나는 양측 모두에게 책임이 있다고 생각합니다. 의심할 여지가 없어요. 누군가가 오물을 뒤집어썼다면 그건 그럴 만하기 때문입니다.

라는 대통령의 글이 문제였다. 벌써 셀 수도 없을 정도의 댓글이 달리며 여론은 악화 일로를 걷고 있었다.

만약 이럴 때 사건의 주인공이 개입이라도 한다면 불에 기름을 붓는 정도가 아니다. 폭탄 테러에 맞먹는 파급력을 가질 것이다.

초조하게 핸드폰을 보던 알렉스의 눈에 댓글 하나가 스쳐 지나갔다. 글도 아니었다. 그건 한 장의 이미지였다.

햄버거를 뒤집어쓴 자신의 모습을 우민이 직접 올렸다.

#16#햄버거#오물#뒤집어쓰다#미국

한 장의 이미지가 더욱 확실하게 우민의 의도를 전달했다.
SNS는 그야말로 폭발했다.

                    *   *   *

　폭발한 인터넷 세상은 곧 현실과 연결되었다. 수많은 사람들이 촛불을 들고 거리로 쏟아져 나왔다. 태풍을 넘어 재앙 수준의 일이었다.

　레이먼드가 거칠게 차 문을 닫았다. 그래도 분이 풀리지 않는지 넥타이를 뜯어내듯 잡아당겼다.

　뒤따라 차 안으로 들어온 보좌관도 머리가 지끈거리는지 아스피린을 한 알 털어 넣었다.

　"오히려 역효과만 났어."

　"통제 불가 폭군이군요."

　"백인 우월론자를 옹호하는 듯한 발언이라니… 평소 소신이 그렇더라도 똥오줌도 못 가리는 분별력을 가지고 있어. 이대로면 우리 공화당의 미래도 기약할 수 없을 것 같군."

　"지금부터라도 선을 그어야 하지 않겠습니까?"

　보좌관의 질문에 레이먼드가 생각에 잠겼다. 어찌해야 할 것인가.

　이대로 침몰하는 배와 함께해야 하는가. 배에서 탈출해야 하는가. 어느 쪽으로 선택하든 쉬운 길이 아님은 자명했다.

　"뉴스를 보니 촛불을 든 시민들의 숫자가 칠백만 명을 넘어섰답니다. 게다가 그 소년을 자유의 여신상과 합성한 포스터가 돌아다니면서 엄청난 인기를 끌고 있다고 합니다. 민주당에서는 이 기회를 놓치지 않기 위해 안간힘을 쓰고 있고요."

레이먼드가 긴 한숨을 내쉬었다. 아무리 머리를 굴려봐도 쉽게 답이 나오지 않았다.

지금이라도 대통령이 자유 훈장을 수여해 지금의 사태를 봉합해야 한다.

"다시 한번 말해봐야 하나……."

"아무래도 그게 좋지 않겠습니까? 바깥을 한번 보십시오. 백악관에서도 보고를 받았을 겁니다."

레이먼드가 꼴깍 마른침을 삼켰다. 미간을 문지르고, 몇 번이고 다시 창밖을 확인하곤 인상을 찡그렸다.

"흠……."

"이번에는 더 많은 분들과 같이 가서서 말씀드려 보십시오. 이대로라면… 한국에서 일어난 정권 교체가 미국에서도 일어나지 말라는 법은 없습니다."

그것만은 막아야 한다. 레이먼드가 결심을 굳힌 듯 핸드폰을 들었다.

*   *   *

같은 시각.

우민은 핸드폰을 들고 손석민의 집 침대에 누워 있었다. 폭풍 같은 날들이 지나가고, 긴장이 풀렸는지 몸살이 왔다. 그래도 며칠 쉬다 보니 컨디션이 돌아오고 있었다.

그러던 차에 SNS를 확인하고 답글을 단 것이다. 다시 생각해 봐도 어이가 없는지 코웃음을 쳤다.

"오물이라니, 참 네."

하긴 오물이라면 오물이 맞을지도 모른다. 먹다 버린 것이니 오물, 즉 쓰레기나 마찬가지 아닐까?

실없는 생각을 하던 우민이 헛웃음을 터뜨렸다.

"큭, 생각보다 일이 커졌지만 이것도… 이것 나름대로 괜찮겠지."

뉴스로 접하는 미국은 현재 혼돈 그 자체였다. 수많은 시민들이 촛불을 들고 거리로 뛰쳐나와 대통령의 퇴진을 외쳤다.

여론을 잠재우기 위해서인지 알렉스가 하루가 멀다 하고 찾아왔다.

그러나 병을 핑계로 만나지 않았다.

"딱히 만날 이유가 없기도 하고."

지금 상황은 자신에게는 더할 나위 없이 좋았다. 지금까지 출판했던 책이 1, 2, 3위로 나란히 베스트셀러 줄 세우기를 하는 중이었다.

방송 중인 드라마는 회를 거듭할수록 신기록을 갱신했다.

자신으로서는 사태를 잠재울 동기가 전혀 없었다.

"그럼 또 글이나 써볼까."

우민은 자리에서 일어나 책상 앞에 앉았다. 이번 사건으로 느낀 점이 많았다.

연설문을 읽어 내려갈 때의 긴장감, 햄버거를 맞았을 때의 수모, 혹시나 총을 맞아 죽을지도 모른다는 두려움. 그럼에도 끝까지 읽어 내려갔던 용기.

짧은 순간이었지만 큰 성장을 할 수 있었던 경험이었다. 그 경험을 글로 남기고 싶었다.

이번에는 수필의 형태.

제목은 '미국, 그리고 햄버거'였다.

한번 글을 쓰기 시작하면 듣지도, 보지도, 느끼지도 못할 만큼 집중한다. 무아지경의 상태로 진입하기 때문인지 그만큼 체력 소모도 극심했다. 게다가 빠른 속도로 타자를 쳐서인지 손목도 좋질 않았고, 일체 미동도 하지 않았기에 허리도 상태가 좋지 않았다.

그래서인지 박은영은 손석민에게도 부탁을 하고 간 참이었다. 우민이 건강을 생각하며 글을 쓰게 해달라, 만약 그렇게 하지 않으면 아예 글을 쓰지 못하게 해달라.

어머니에게 자식의 건강보다 중요한 일은 없다.

손석민은 그런 박은영의 부탁을 충실하게 따랐다. 우민이 방 안에서 아무런 기척이 없으면 들어와 방해를 놓았다.

벌써 반 권 분량은 썼어야 하지만 그런 방해 때문에 삼분의 일 정도의 진도만이 나간 상태였다.

오늘도 손석민은 우민의 방문을 두드렸다.

똑똑똑.

"우민, 들어간다."

문을 열고 들었지만 우민은 고개도 돌리지 않은 채 정신없이 노트북을 두드리고 있었다.

그 집중력이 경이적이면서도 한편으로는 안쓰러웠다. 손석민은 익숙한 듯 우민의 어깨에 손을 짚었다.

그제야 우민이 쓰던 글을 멈추고 고개를 돌렸다.

"아저씨, 오셨어요."

"또 새로운 글이냐?"

"하하, 작가가 글을 써야지 그럼 뭐 하겠습니까."

손석민은 슬쩍 눈길을 돌려 우민의 손목부터 살폈다. 그럼에도 성에 차지 않는지 허리 쪽 척추를 살짝 문질렀다.

어딜 어떻게 눌렀는지 우민이 약한 신음성을 토했다.

"윽."

"내가 한 시간 이상 앉아 있지 말라고 그렇게 말했는데도…
휴우……."

긴 한숨을 토한 손석민이 우민을 침대 위에 눕혔다.

"누워봐."

우민이 순순히 침대 위에 누웠다. 그 위에 올라간 손석민이 경락 마사지를 시작했다.

"내가 우민이 너 덕분에 마사지 자격증에 재활 치료사, 테이핑 요법까지 배웠다. 나중에 물리치료로 돈 벌어먹고 살아도 될 정도야."

손석민은 말을 하면서도 손을 멈추지 않았다. 허리, 목, 어깨까지 뭉친 근육들을 풀어주고, 이상이 생기지는 않았는지 점검했다.

손석민의 손이 스쳐 지나갈 때마다 우민이 얕은 신음성을 토했다.

"윽, 으윽! 헤헤, 그럼 잘됐네요. 노후 보장은 확실하게 된 거 잖아요."

실없는 농담에 손석민이 찰싹 우민의 등바닥을 찰지게 때렸다.

"하여간 이 와중에도 농담은! 자, 이제 일어나."

"휴우, 아저씨 마사지 실력이 어째 날이 갈수록 느시는 것 같은데요?"

"그게 다 누구 때문이겠냐?"

"하하하, 여자 친구?"

손석민이 절레절레 고개를 저었다. 그러고는 의자를 끌어다 우민의 앞에 앉았다.

"알렉스에게서 또 연락이 왔다."

익숙한 일인 듯 우민이 대수롭지 않게 답했다.

"뭐라고 하던가요?"

손석민은 아직도 믿기지가 않는지 잠시 뜸을 들였다.

"생각지도 못한 제안을 해왔어."

우민은 조용히 손석민의 답을 기다렸다. 이렇게 뜸을 들인 다는 건 무언가 중요한 일이라는 뜻이다.

"흐음… 혹시 자유 훈장이라고 들어본 적 있니?"

"자유 훈장이라면… 대통령이 주는 훈장을 말씀하시는 겁 니까?"

"그래, 그중에서도 최고 명예로운 것이지. 특별한 혜택은 없 다만 그 명예만큼은 손에 꼽히는 것이야."

"그걸 제게 준다고 했습니까?"

손석민이 고개를 끄덕이며 말했다.

"백악관에서 대통령이 직접 목에 걸어준다고 하더라. 바로 너에게."

"하하, 그런 제안까지 할 정도면 꽤나 급한가 보군요."

"거리로 시민들이 물밀 듯이 밀려나오고 있어. 정부로써도 가만히 있을 수만은 없었겠지."

"자유 훈장으로 여론을 잠재우겠다⋯⋯."

손석민이 자리에서 일어났다. 비록 16살이지만 어떤 길로 가야 하는지 충분히 혼자서도 판단할 수 있는 아이였다.

굳이 옆에서 배 놔라 감 놔라 할 필요가 없다. 그저 조용히 자리를 비켜주는 것이 최선이다.

"되도록 빨리 답변을 달라고 하더라."

생각에 잠겨 있던 우민이 혹시나 하여 핸드폰을 들었다. 자신이 팔로워로 등록되어 있는 대통령의 SNS 계정에 접속해 보았다.

굳이 자신이 답할 필요도 없었다.

―모든 결과에는 원인이 있습니다. 그리고 그 원인의 행동이 정의로운 것이라는 사실을 많은 사람들이 공감했고, 저 역시 동의했습니다. #자유 훈장#이우민

SNS를 확인하던 우민이 핸드폰을 손석민에게 보여주었다.

"이미 제가 받는 걸로 결정 난 모양인데요?"

자유 훈장.

어쩌면 한국인 최초로 받게 될지도 몰랐지만 수여자가 누군지 알기 때문일까. 그리 즐겁지만은 않았다.

*　　　　　*　　　　　*

마케팅 효과가 끝나자 '디트로이트'는 차근히 베스트셀러에서 내려갔다.

최근 대통령이 홍보한 책이라는 사실이 오히려 '악재'로 작용하며 책 판매에 악영향을 주었다.

소설.

다음은 영화.

그리고 명문대 입학 후 정치계 입문까지.

대니얼은 앞으로 십수 년간의 인생 계획이 송두리째 무너지는 기분에 절망을 넘어선 분노를 느꼈다.

이게 첫 번째가 아니었다.

명문 트렐로 스쿨 학생회장 자리를 졸업 때까지 유지하겠다는 계획 역시 지금 뉴스에 나오고 있는 인물 때문에 틀어졌다.

"자유 훈장? 미국의 발끝에도 미치지 못하는 나라에서 온 소년에게 그게 가당키나 한 말인가!"

흘러나오는 뉴스에 분노를 참을 수가 없었다. 자신이 이렇게 화가 많다는 사실을 근래 깨닫고 있는 중이었다.

"자유 훈장, 자유 훈장!"

정치는 곧 명분이라고 배웠다. 자신이 자유 훈장을 받았다면 정치에 입문할 명분이 되고, 미래를 계획할 자산이 되었을 것이다.

질투가 나서 참을 수가 없었다.

"내가 받았어야 하는데… 자나 깨나 미국을 걱정하는 나 같은 사람이 받았어야 하는데… 이건 뭔가 잘못됐어. 잘못돼도 한참 잘못됐어. 일자리를 뺏어가는 것도 모자라서 이제는 훈장까지?"

분노로 상실된 이성은 정상적인 판단을 불가능하게 만들었다. 대니얼은 끊임없이 으드득 이를 갈았다.

좀처럼 화가 식질 않았다.

"윌리엄이… 친구가 많다고 했었지."

대니얼은 전학 간 친구였던 윌리엄을 떠올렸다. 그러면 자신이 가진 분노 중 일부를 풀어줄 수 있을 것 같았다.

*   *   *

병결이 끝나고 학교로 돌아가는 길.

우민은 집 밖으로 나서자마자 사람들이 자신에게 다가와 악수를 청하고 사인을 요구하는 통에 얼떨떨한 심정이었다.

"제 인기가 이렇게까지 높지는 않는데……."

운전을 하던 손석민은 흐뭇함을 감추지 못했다.

"다 자유 훈장 덕분이지. 한국인 최초 대통령 자유 훈장 수

여자. 인기 드라마의 작가이자 베스트셀러 순위에 자신의 책을 줄 세우는 작가. 더구나 브래드 피트 뺨치는 외모까지."

"하하, 그 정도인가요?"

"네 인기가 그 정도다. 집 안에 있는 동안 많은 게 변했어. 학교로 돌아가면 더 많이 느끼게 될 거다."

그렇게 웃고 떠들다 보니 어느새 학교 앞까지 도착했다. 정문 근처에서 차를 세우고, 시동을 껐다.

"그냥 계세요. 따라오실 필요 없어요."

"슈퍼스타 님이 가는 길인데 끝까지 배웅해야지."

손석민은 안전벨트를 풀고 차에서 내렸다. 운전석에 앉아 있던 우민도 문을 열고 따라 내렸다.

"들어가시고, 너무 걱정하지 마세요."

빛이 클수록 어둠이 짙어지는 법. 손석민은 혹시나 있을 우발적 상황을 대비하기 위해 웃고 떠드는 와중에도 긴장의 끈을 놓치지 않았다.

우민에게 던졌던 것이 햄버거였기에 망정이지 다른 물체였다면? 생각만으로 아찔했다.

"그래, 알았다. 어서 들어가거라. 학교에 내가 없다고 해서 너무 책상 앞에만 앉아 있지 말고, 밥은 꼭 챙겨 먹고, 무슨 일 있으면 바로 연락하고……."

마치 부모님처럼 끊임없이 걱정을 늘어놓았다. 우민은 더 이상 꾸물대다가는 학교에 들어가야 할 시간이 늦을 것 같아 한 발 앞으로 나섰다.

"하하, 잘 알았습니다. 몸 건강하게 있다가 무슨 일 생기면 바로 연락드리겠습니다."

부으아아앙.

순간 굉음을 내며 둘을 향해 승용차 한 대가 돌진해 왔다. 우민이 고개를 돌려 쳐다보는 순간 이미 자동차는 코앞에 도착해 있었다.

콰앙.

옆에 있던 손석민이 재빨리 자신의 몸을 감싸는 것이 느껴졌고, 몸은 금세 허공으로 떠올랐다. 주변에서 질러대는 비명이 마치 환청처럼 들려왔다.

'엄마가 알면 안 되는데…….'

그 생각을 끝으로 의식의 끈이 끊어졌다.

*   *   *

눈을 떠보니 병실이었다. 누가 놓고 간 것인지 주변에 꽃이 가득했다. 몸에는 잔뜩 붕대가 감겨 있었고, 밀려오는 고통에 일순 정신을 차릴 수가 없었다.

겨우 정신을 차리고 주변을 둘러보니 누군가 자신의 침대에 엎드린 채 곤히 잠들어 있었다. 빨간색 머리만 보고도 누군지 알 수 있었다.

'카타리나?'

그제야 현실감이 생기면서 사고의 마지막 장면이 파노라마처럼 스쳐 지나갔다.

기억하는 것으로도 아찔했다. 순간 자신이 살아난 이유가 떠올랐다.

"아저씨!"

우민이 손석민을 찾으며 주변을 두리번거렸다. 침대에 엎드려 있던 카타리나가 잠에서 깨어 멍하니 우민을 바라보았다.

"어… 우민아? 일어난 거야?"

한쪽 팔과 한쪽 다리에 단단한 깁스가 채워져 있었다. 우민은 그나마 자유로운 왼팔로 카타리나의 어깨를 잡았다.

"아저씨는, 석민 아저씨는?"

카타리나가 살며시 눈을 감았다. 뇌리를 스치는 불길함에 우민이 멍하니 카타리나를 바라볼 수밖에 없었다.

설마.

설마!

아닐 거라 생각했지만 카타리나의 반응을 봐서는 다른 생각을 할 수 없었다.

그때 병실 한쪽에서 부스스한 머리로 손석민이 몸을 일으

컸다. 카타리나도 감았던 눈을 떴다. 그저 잠이 덜 깼던 것뿐인지 크게 하품하며 답했다.

"보다시피 아저씨는 괜찮아. 네가 걱정이지."

"…어, 어떻게. 분명 아저씨가 제 몸을 감싸고……."

이해 불가의 상황에 우민이 말을 잇지 못했다. 기가 막히고, 말이 막혔다. 우민에게 다가간 손석민이 궁금증을 풀어주었다.

"감싸고 몸을 날렸지. 특공 무술, 합기도, 태권도 등으로 단련된 몸놀림으로 피해를 최소화했어. 그 와중에 내가 너를 놓치는 바람에 너는 골절상을 입게 된 거고, 그래도 둘 다 크게 다치지는 않았으니 다행 아니냐?"

"아… 아저씨, 무, 무술도 하셨어요?"

손석민이 어깨를 으쓱거렸다. 티셔츠 안쪽의 가슴 근육이 오늘따라 유독 탄탄해 보였다.

딱 벌어진 어깨는 또 어떤가. 자신의 허리만 해 보이는 허벅지는 오늘따라 위압적으로 느껴지기까지 했다.

평소에 자세히 보지 않아 알지 못했던 손석민의 신체 구석구석이 우민의 인지 체계 안으로 들어왔다.

그리고 이해가 되기 시작했다.

"마사지 배우면서 시작했지. 네가 크면 왠지 슈퍼스타가 될 것 같은 감이 오더라고. 미리미리 준비해야지."

"…헐."

"배우니까 써먹을 데가 있긴 있었어."

몸을 일으키고 있던 우민이 털썩 침대에 드러누웠다. 안도의 한숨이 밀려오자, 다시 잠이 밀려왔다.

좀 더 자야 할 것 같았다.

*   *   *

"민주당 버니 의원입니다."

"공화당 배넌 의원입니다."

"미국 자유를 수호하는 모임에서 온 루카스입니다."

"백악관에서 온 마일리스입니다."

수많은 사람이 병실을 다녀갔다. 전국 각지에서 밀려드는 위문 선물과 꽃으로 병실 안이 가득 찼다. 우민은 스타를 넘어 하나의 상징이 되어갔다.

"미국에서 시민권을 주겠다는 제안도 해왔다. 앞으로 군대 문제도 걸려 있고… 또 옛날 기자회견 사건도 있고 하니 진지하게 한번 생각해 보거라."

"엄마는요? 엄마도 혹시 이 소식 들었어요?"

다시 깨어난 우민은 이번엔 엄마를 찾았다. 혹여 자신이 다친 소식을 듣고 걱정이라도 할까 걱정된 것이다.

"뉴스가 너무 많이… 나다 보니까 어쩔 수가 없었다. 내가 전화상으로 안심시켜 드리기는 했는데… 아마 지금쯤 비행기를 타고 오고 계실 거야."

"하아… 이러려고 한국으로 돌아가라고 한 게 아닌데……."

"네가 건강해지는 게 어머님 걱정 덜어드리는 거다. 그러니까 몸조리 잘해서 빨리 건강해져야지. 잘 먹고, 잘 쉬고. 알았니?"

손석민의 위안에도 우민의 안색은 펴질 줄을 몰랐다. 괴한 침입 사건에서 햄버거, 그리고 차량 돌진 사건까지. 이게 무엇을 의미하는지 잘 알고 있었다.

빛이 진해질수록 어둠 역시 짙어진다. 어머니가 미국으로 돌아왔을 때 이것보다 심한 일이 생기지 않는다는 보장이 없었다.

할 수 없다.

"오시면 아마 다시 한국으로 가겠다는 말씀은 안 하실 테고… 그러면 아저씨네 집에서 함께 생활하게 해주세요. 저도 그래야 안심이 될 것 같아요. 그리고 경호원들도 몇 명 고용했으면 좋겠어요. 그 정도 돈은 되죠?"

"하하… 물론이지. 베스트셀러 1, 2, 3위다. 미국뿐만이 아니야. 한국을 비롯해서, 영국을 비롯한 유럽까지 날개 돋친 듯 팔리고 있어. 경호원 고용 정도야 충분하다. 그리고 아저씨랑 어머니랑 같이 사는 것도…….”

손석민이 입술을 비집고 나오는 미소를 감추지 못했다. 볼을 씰룩거리며 어쩔 줄을 몰라 했다.

자신이 알고 있는 우민이라면 이건 일종의 인정을 뜻한다. 자신과 박은영의 관계가 조금은 가까워져도 된다는 인정. 그 사실이 손석민을 기쁘게 만들었다.

“나야 대찬성이다!”

학교도 가지 않고 병간호를 하고 있던 카타리나가 옆에서 툭 끼어들었다.

“너무 표정 관리 안 되시네. 그렇게 좋아요?”

“으, 으응? 내, 내가 뭘 말이냐.”

“에이~ 얼레리 꼴레리인 거 내가 다 아는데.”

손석민이 아니라며 고개를 저었다. 사레가 걸린 듯 연신 헛기침을 해댔다.

“어, 어디서 그런 말도 안 되는 소리를…….”

똑똑똑.

또다시 누군가 병실 문을 두드렸다. 손석민이 곤란한 상황을 모면하기 위해서인지 황급히 문 쪽으로 다가갔다.

*　　　　*　　　　*

범인은 그 자리에서 경찰에 붙잡혔다.

극우 성향 단체의 20살 청년으로 검거될 당시에도 일말의
죄책감도 없는지 정신 나간 소리를 중얼거렸다.

"마땅히 해야 할 일을 했다. 누구도 우리를 대체할 수 없다. 나
는 정의를 위해 멈추지 않을 것이다."

도저히 말이 통하는 상태가 아니었다. 현행범으로 검거되어
바로 철창으로 직행했다.

범인의 검거 현장에서부터 우민이 자유 훈장을 받기 전까
지 어떤 일을 해왔는지에 대해 한국 공영방송사에서 앞다투
어 마치 일대기를 다루듯 방송해 주었다.

"젠장, 온통 저 새끼 얘기밖에 안 나오는구나. 그냥 죽어버
렸어야 하는데."

이문철이 으드득 이를 갈며 씹어 삼키듯 내뱉었다. 과거 기
자회견 사건에서부터 방송에 출연해 했던 말들이 짜깁기되어
우민을 스타로 만들고 있었다. 물론 거기에는 누구라도 반박
하지 못할 잘생긴 외모도 한몫했다.

"저 자리는 원래 내 것이었어."

초범.

합의.

후회.

음주 등의 사유로 집행유예를 받고 풀려난 이문철은 근래 뉴스에서 나오는 한 인물 때문에 화병이 걸릴 지경이었다. 술을 마시고 싶은 것을 겨우 참았다.

술을 마셔 이성을 잃으면 진다고 생각했다.

"내가 이대로 무너질 줄 알았겠지? ×놈의 새끼들… 그러면 나를 잘못 본 거야."

이문철은 분노를 정제해 글을 써나갔다. '이문철'이라는 본명으로는 책을 써도 팔리지 않을 것을 알기에 필명도 바꾸었다.

자신이 관련된 사건이 독자들의 기억 속에서 희미해져 가는 것은 차치하고서라도, 혹독한 불황기를 거치고 있는 출판 시장 때문이라도 기존처럼 글 밥 먹고 사는 것은 쉽지 않았다.

그래서 '이우철'이라는 필명으로 인터넷 웹소설 시장으로 진출했다.

아는 사람의 소개를 받아 웹소설 시장에서 잔뼈가 굵은 배성균이라는 사람을 만났다. 그의 조언으로 웹소설 신인이 인기를 얻기 가장 쉽다는 판타월드에 글을 올렸다.

제목은 천마강림.

현재 순위는 1등이었다.

"하하, 내 글솜씨가 어디로 가겠어. 재미만 있으면 독자들은 따라온다 이거야!"

이우철이라는 필명으로 올린 천마강림은 판타월드에서 1등으로 순항 중이었다.

우민의 글이 빠져나간 자리를 차지한 것이다. 이문철은 복수심을 불태우며 글을 써나갔다.

그러다 간혹 인터넷에 접속해 자신의 글 순위를 확인했다.

1등이라는 숫자가 분노를 희열로 바꾸어주었다. 그 희열은 1등일 때 들어오는 수입 때문이었다.

"장르 소설 시장이 이렇게 수입이 많을 줄 알았다면 진작 진출하는 거였는데, 순수문학이 어쩌고저쩌고 문단의 늙은이들 때문에 쓸데없이 시간만 낭비했어."

집행유예를 받고, 앞으로 어떻게 살아야 하나 고민했던 시간이 아까웠다.

"두고 보자. 이문철 아직 죽지 않았어."

이를 갈던 이문철이 다시 글에 집중했다. '천마강림'에서 주인공은 이문철의 심정을 대변하듯 경천동지의 무력으로 적들을 쳐 죽이는 중이었다.

눈살을 찌푸리게 만들 만큼 무자비하고 잔혹한 내용이었지만 시대적 상황 때문인지 독자들의 열렬한 응원을 받고 있었다.

"다 죽여 버려!"

누구에게 하는 말인지 모를 말을 하며 이문철이 글을 써나갔다.

*　　　　*　　　　*

동영상 스트리밍 서비스를 통해 자유 훈장 수여식은 언론으로 생중계되는 중이었다.

한국인 최초 자유 훈장 수상자.

그 타이틀만으로도 우민은 대중들의 관심을 받기에 충분했다.

과거 미국으로 떠나오기 전 했던 기자회견, 거기서 했던 노벨상 드립은 수많은 대중들의 악플을 양산하기도 했지만 오늘만큼은 그런 댓글을 다는 사람이 한 명도 없었다.

　—구국의 영웅이다.

　—조선 반도를 탈출해야 성공할 수 있다는 걸 보여준 케이스.

　—답은 뭐다?

　—시민권 받고 거기서 살아라. 여기 오지 마.

　—오빠, 잘생겼어요!

　—훈남의 표본이다!

수많은 채팅들이 빠른 속도로 올라왔다. 전 세계에서 서비스되는 동영상 서비스답게 한국인들만 있는 건 아니었다.

—awesome. ILY!

—GR8!! XOXO I43!

등의 인터넷 약자들이 채팅창을 가득 메웠다. 스트리밍 서비스에 나오는 우민은 막 상을 받고 소감을 말하기 위해 마이크를 잡은 참이었다.

"이런 영광스러운 자리에 저를 초대해 주신 점에 대해 먼저 감사하다는 말씀을 드리고 싶네요."

인사말을 전한 우민이 잠시 숨을 골랐다. 카메라 플래시 세례는 익숙했지만 자리가 주는 무게감이 달랐다.

살짝 몸이 떨리며 긴장되는 것은 어쩔 수 없었다.

"이민자의 나라답게 머나먼 타국인에 불과한 저에게도 이런 과분한 상을 주는 관대함이 이 나라의 힘이라는 것을 다시 한번 느낄 수 있었습니다."

어린 나이임에도 자연스레 묻어나오는 연륜과 관록 때문인지 참석자들이 우민의 말을 경청했다.

"분열을 조장하고 혼란을 만들어내는 몇몇 선동자들이 있어도, 그걸 분별하고 가려내는 대다수의 깨인 시민들이 있기에 생길 수 있는 일이겠지요."

미성년자라 믿기 힘든 단어 선택은 경청을 넘어 경탄을 자아내게 하기에 충분했다.

자리에 참석해 있던 기자들은 우민의 말을 열심히 받아쓰며 방송사로 전달했다. 그중에는 한국에서 온 기자들도 참석해 열심히 기사를 작성하고 있었다.

"제가 겪었던 고난이 앞으로 이 나라의 미래에 화합과 통합의 장을 여는 밑거름이 되어 더욱 발전하는 계기가 될 수 있기를 바랍니다."

소감은 막바지에 다다랐고, 우민이 잠시 말을 멈추었다. 그리고 마치 저도 모르게 맺힌 것처럼 눈가에 살짝 눈물을 비추고, 의연하던 지금까지의 모습과 대비되도록 살짝 말을 떨었다.

그때의 기억을 떠올리면 아직도 두려워하는 어린아이의 모습으로 돌아갔다.

"그리고 앞으로는 저와 같이 아찔한 경험을 하게 되는 분들이 다시는 나오지 않길… 간절히 바랍니다."

우민이 말을 마치고 단상에서 내려왔다. 뒷모습까지 놓치지 않겠다는 듯 카메라들이 열정적으로 우민의 뒷모습을 좇았다.

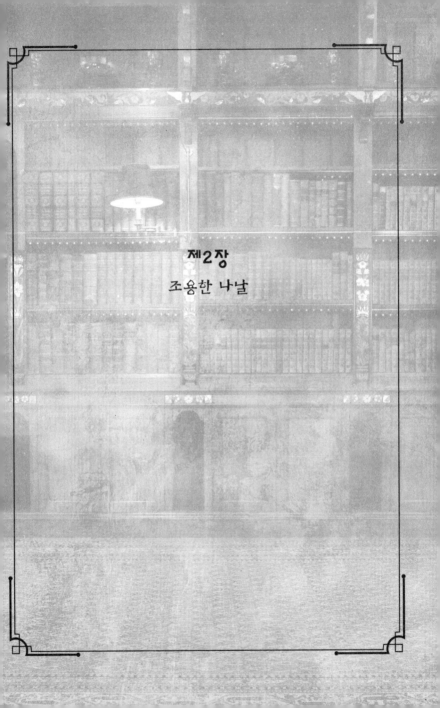

제2장

조용한 나날

연단을 향해 박수갈채가 쏟아졌다. 겨우 16살이라 생각하기 힘들 정도의 의연함, 소감문이 전해주는 감동에 한마음 한뜻이 되어 우민을 칭찬했다.

가족의 자격으로 그 자리에 앉아 있던 박은영도 뿌듯함을 감출 수 없었다.

당장에라도 자리에서 일어나 내 아들이라고 외치고 싶은 걸 겨우 참고 있는 중이었다.

'내 배 속에서 나왔다는 게 믿기지가 않아.'

지금 앉아 있는 자리 또한 현실감이 없었다.

우민이 크게 다쳤다는 말에 놀라, 정신없이 미국행 비행기를 탔다.

병원에 도착해 깁스를 하고 있는 우민을 보자마자 눈물이 터져 나와 멈출 수가 없었다.

"엄마, 울지 마. 그리고 백악관에 가야 하니까 나 퇴원하면 같이 옷 사러 가자."

"무슨 소리야. 백악관이라니."

"훈장 받으러 가야지."

다치기 전 한국인 최초로 자유 훈장을 받게 되었다는 뉴스가 그때서야 생각이 났다. 그저 꿈이라 생각했던 것이 사실이었다. 소감을 마친 우민이 다시 자리로 돌아가는 모습을 보고 있으면서도 그저 얼떨떨할 뿐이었다.

함께 앉아 있던 손석민이 현실이 맞다며 고개를 살짝 끄덕여 주었다.

자랑스러웠지만 한편으로 또 어떤 일을 당할까 두렵기도 했다. 두 눈에서 또다시 또르륵 흘러내리는 눈물을 감추기 힘들었다.

간단한 요식 행사가 끝나고 집으로 돌아가는 차 안.

정신없이 치러진 행사에 지쳤는지 적막감마저 감돌았다. 박은영이 먼저 입을 열었다.

"오늘 너무 멋있었어. 내 아들이지만 심쿵하더라."

"헤헤, 앞으로 더 멋있어질 텐데?"

"아이고, 요 녀석이."

장난스러운 말에 경직되었던 분위기가 풀어지며, 차 안의 공기가 살짝 느슨해졌다.

"엄마, 어차피 다시 한국으로 가라고 해도 안 갈 거지?"

"널 두고 다시는 안 간다. 여기 있을 거야."

우민이 창밖으로 시선을 던지며 무심한 듯 툭 내뱉었다.

"그러면 앞으로 아저씨네서 지내는 게 좋을 것 같아. 아저씨랑은 이야기 다 했어."

손석민과 같은 집에서 지내라니, 당황스러우면서도 그리 싫지는 않았다.

"우, 우민아. 그, 그건."

"그렇게 하는 게 엄마의 안전을 위해서도 나을 것 같아서 하는 말이야."

박은영이 당황한 듯 우민을 보고, 또 한 번은 운전을 하고 있는 손석민을 쳐다보았다.

남편을 잃고 벌써 십 년이 넘는 세월을 혼자 지내왔다. 외롭지 않았다면 거짓말이리라.

그런 박은영의 기색을 눈치라도 챘는지 우민이 한마디를 덧붙였다.

"아저씨랑 함께 있어야 내가 안심할 것 같아서 그래."

속마음을 들킨 양 박은영의 볼이 발그레 달아올랐다. 운전을 하던 손석민이 애꿎은 헛기침을 연신 해댔다.

방금 전까지만 해도 아무 사이가 아니었지만 우민의 말 한마디로 인해 소위 '썸'을 타는 사이가 된 것이다.

헛기침을 하던 손석민이 어색하게 웃으며 말했다.

"하하하, 그래요, 어머님. 혼자 있으시다가 저번 같은 일 벌어지면 그때는 진짜 큰일 납니다."

"보니까 아저씨가 정말 듬직하더라. 이번에도 아저씨 없었으면 나도 정말 큰일 날 뻔했어."

박은영이 소녀 시절로 돌아간 듯 약간은 수줍어하며 말했다.

"그, 그러고 보니 감사 인사도 제대로 못 했네요. 정말 고마워요. 어떻게 사례를 해야 할지… 제가 따뜻한 밥이라도 한 끼 대접할게요."

"하하하, 괜찮습니다. 에이전트로서 당연히 해야 할 일을 했을 뿐입니다."

둘 사이에 흐르는 묘한 기류를 감지한 우민이 엉큼하게 웃으며 말했다.

"우리 엄마도 태권도 유단자니까 아저씨 단단히 각오해야 할 거예요."

갑작스러운 말에 박은영이 우민의 어깨를 탁 쳤다.

"얘, 얘는 갑자기 무슨 소리야."

"무슨 소리긴, 외간 남녀가 한집에 있는데 당연한 소리지."

"크, 크흠. 흠, 흠."

"저는 분명히 말씀드렸습니다."

우민이 한 번 더 말하자 박은영이 새된 목소리로 말했다.

"이우민! 아저씨 앞에서 자꾸 곤란한 소리 할래."

"아하하, 알았어. 안 할게. 엄마도 참, 부끄러워하기는."

"이우민!"

끝까지 놀리는 듯한 말에 박은영의 귀까지 발갛게 변했다. 앞에서 운전을 하고 있던 손석민의 귀도 발갛게 변한 걸 우민은 똑똑히 보고 있었다.

*   *   *

달마저 구름 사이로 모습을 감춘 늦은 밤.

잠들지 못하고 뒤척거리던 우민이 박은영을 불렀다.

"엄마, 자?"

"아니. 왜, 우리 아들."

우민은 불쑥 속마음을 털어놓았다.

"나 대학 안 가도 돼?"

"…대… 학?"

대학.

박은영에게 대학은 남다른 의미였다. 자신의 아들이 돌잡이에서도 펜을 잡길 누구보다 원할 만큼 학업에 대한 열망이 강했다.

그 이면에 있는 건 좋은 대학.

우민도 익히 알고 있었다.

"응. 이제 별 의미가 없는 것 같아서……."

박은영도 조심스럽게 되물었다.

"…왜 그런 생각을 했는지 엄마가 알 수 있을까?"

"그건……."

우민이 길 수도 있는 이야기를 시작했다.

겉으로는 희망을 노래했지만 속은 달랐다.

'삶, 죽음이 종이 한 장 차이라더니… 정말 한 끗 차이로 살았어.'

손석민이 그때 자신을 감싸지 않았다면, 돌진하는 자동차가 1초라도 늦거나 빨랐다면 이렇게 사람들 앞에 멀쩡히 서서 말할 수 있었을까?

훈장을 수여받고, 토크쇼에 출연하고, 다시 학교 수업을 듣는 일상으로 돌아올 수 있었을까?

여러 의문들이 머릿속을 빙빙 돌며 떠나가질 않았다. 그러나 답을 내릴 수는 없었다.

그렇게 고민에 고민을 거듭하는 사이 자신은 점차 미국에서 희망의 상징이 되어갔다. 자유의 횃불, 아메리카 드림의 표본, 한국에서는 '엄친아'로 불렸다.

내면과 외면의 괴리는 시간이 지날수록 깊어지기만 했다. 자신을 향해 웃고 있는 사람들 중에 깊이를 알 수 없는 증오를 뿜어내고 있는 사람이 있음을 항상 염두에 두어야 했다.

한국에서도 한차례 경험한 바 있었다. 그러나 그때의 경험과는 비교가 불가했다.

목숨을 앗으려 할 정도의 증오.

도대체 어떻게 생겨먹었기에 그럴 수 있을까?

학교생활로는 답을 찾을 수 없을 것 같았다. 대학에 가도 답은 없을 것 같았다. 평생 가도 찾지 못할 수도 있지만 한번 노력해 보고는 싶었다.

우민은 졸업 후 해야 할 일을 정했다.

길지만 차분히 이야기를 끝마쳤다. 조용히 이야기를 듣고 난 박은영이 나지막이 중얼거렸다.

"세계 여행을 하고 싶다… 이 말이지?"

"네. 빠르면 1년이 될 수도, 길면 그보다 길어질 수도 있어요. 학교는 여기까지로 충분할 것 같아요."

"······."

이제는 박은영이 생각에 잠겼다.

대학을 가지고 않고 세계 여행을 떠나겠다. 더 넓은 세상을 경험하고, 세상 사람들을 관찰하고 싶다.

16살.

한창 사춘기를 온몸과 행동으로 표현할 나이에 진로를 고민하고 진지하게 부모와 논의한다는 것 자체만으로도 박은영은 내심 놀라움을 금치 못하고 있었다.

문득 자신의 10대가 스쳐 지나갔다.

예쁜 옷.

친구들과의 수다.

책은 멀리했고 부모님의 애정 어린 조언들은 쓸데없는 간섭으로 여겼다.

그런데 이 아이는 매일같이 책을 보느라 눈이 나빠지고, 글을 쓰느라 손목과 허리에는 통증을 달고 산다.

이제는 미래에 대한 진지한 고민까지.

어찌 허락하지 않을 수 있으랴.

이미 말을 꺼내는 순간부터 알려주고 싶었다.

네가 하고 싶은 일이라면 뭐든 그렇게 해도 된다.

겨우 참고 있던 중이었다. 생각에 빠져 있던 박은영을 우민이 불렀다.

"엄마? 엄마 자?"

"으, 으응? 안 자. 이렇게 예쁜 아들을 옆에 두고 어떻게 잘 수 있겠어. 엄마도 네가 잘 생각한 일이라 생각해. 요즘 세상에서 대학이 꼭 필요한지 엄마도 의문이었어."

"그러면 나 여기 졸업하면 바로 세계 여행 간다?"

혹시나 박은영이 반대하면 어떡하나 걱정하고 있던 참이었다. 우민의 얼굴이 환하게 밝아졌다.

"그래, 자유 훈장까지 받았는데 어딜 가도 잘 해내겠지. 그래도 위험한 곳에는 가면 안 된다. 항상 건강 챙겨야 돼. 알았어?"

우민이 빠르게 고개를 끄덕였다.

"물론이지."

"그럼, 당장 내일부터라도 아저씨한테나 어디 도장이라도 끊어서 무술 배워."

"으, 응? 무, 무술?"

"그래. 남자라면 자기 한 몸쯤은 건사할 줄 알아야지. 알겠지?"

우민이 마지못해 고개를 끄덕였다.

"내가 가르쳐 줄 수도 있지만, 우리 아들한테 혹독하게 가르칠 자신이 없어서 그래. 그러니까 아주 혹독하게 실전처럼 가르치는 곳으로 선택해야 한다."

우민은 마치 앞날이 예상이라도 되는 듯 흠칫 몸을 떨었다. 결코 순탄치만은 않을 것 같았다.

＊　　　　　＊　　　　　＊

긴 장발에 덥수룩한 수염을 한 남자가 입국장을 통해 인천국제공항으로 들어섰다.

머리에는 다 떨어져 해질 대로 해진 벙거지 모자를 쓰고 있었고, 입고 있는 점퍼에도 때가 꼬질꼬질 묻어 있어 썩은 내가 진동할 것 같았다.

그래도 패션에 관심이 있는지 앞이 제대로 보이는지도 의심스러운 선글라스를 착용하고 있었다.

카트에 한가득 짐을 실은 채 입국장을 나선 남자가 주변을 두리번거렸다.

"아저씨가 분명 나오신다고 했는데… 어디 계신 거지."

남자는 선글라스를 벗어 벙거지 모자에 걸쳤다. 드러난 두 눈은 누구보다 맑았고, 가히 그 깊이가 짐작되지 않을 정도로 깊었다.

한 번 쳐다보는 것만으로도 빨려 들어가 쉽게 헤어 나오지 못할 것 같았다.

입국장을 빠져나와 좀 더 가봐도 찾는 사람이 보이지 않는지 연신 주변을 살폈다.

"내가 편지에 날짜를 잘못 적어 보냈나……."

갸우뚱하던 남자가 어쩔 수 없다는 듯 거침없이 전진해 나갔다. 그때 남자의 등 뒤에서 빨간색 머리를 한 여자가 나타나 놓치지 않겠다는 듯 허리를 꽉 안았다.

"우민아!"

"타냐! 네가 여길 어떻게……."

"내가 얼마나 널 찾아다녔는지 알아? 석민 아저씨한테 매일 전화했단 말이야!"

"여행 간다고 말했는데 뭘 그렇게 찾아다녀. 때 되면 알아서 돌아갈 텐데."

"나랑 같이 가자고 그렇게 말했는데 혼자 몰래 가버려 놓고선, 그 말을 어떻게 믿으라고!"

카타리나가 공항이 떠나가라 고래고래 소리를 질렀다. 우민이 난감한 듯 어찌할 바를 몰라 했다.

"말했잖아. 여자가 가기에는 위험한 곳이 많아서 안 된다고. 같이 갔으면 정말 큰일 났을지도 몰라."

어느새 뒤에서 나타난 박은영이 우민의 머리를 '콩' 하고 쥐어박았다.

"여자 한 명 지키지도 못하면서 어딜 그렇게 돌아다니다가 이제야 온 거야."

"어, 엄마!"

"이 녀석이 머리는 또 왜 이렇게 치렁치렁 길렀어. 노숙하시는 분들이 친구인 줄 알고 달려들겠어."

함께 도착한 손석민이 박은영의 어깨에 살며시 손을 올렸다.

"하하, 은영 씨. 거의 2년 만에 돌아온 녀석에게 너무 뭐라 하지 마세요. 그러다 또 훌쩍 떠나 버리면 어쩌시려고요."

"그러면 아주 몽둥이를 들고 쫓아가서 다리몽둥이를 분질러 버려야지."

손석민이 팔을 활짝 벌렸다.

"하하, 한국으로 돌아온 걸 환영한다."

손석민을 시작으로 차례대로 포옹을 마친 우민이 말했다.

"시간이 흐르긴 흐르네요. 몸 건강히 잘 다녀왔습니다."

20살의 끝자락, 겨울. 인천국제공항에서 일어난 일이었다.

*   *   *

압구정 아파트.

집에 도착하자 식탁에는 진수성찬이 차려져 있었다. 소고기, 전복, 각종 초밥까지. 마치 호텔 뷔페에 와 있는 느낌마저 들었다.

"뭘 이렇게 많이 차렸어."

"아들 오는데 이 정도는 해야지."

"하하, 은영 씨가 한 달 전부터 요리 학원까지 다니면서 준비했다. 한 톨도 남김없이 다 먹어야 돼."

"석민 씨!"

은영 씨.

석민 씨.

둘의 관계가 어떻게 변했는지 우민은 바로 눈치챌 수 있었다. 어린 시절 막연히 상상만으로 생각했던 관계로 발전했다. 뭔가 아쉬웠지만 스무 살이 되어서일까, 생각보다 덤덤하게 맞이할 수 있었다.

"네. 다 먹어야죠."

얼마 만에 먹어보는 집 밥인가. 우민은 허겁지겁 그릇을 비워 나갔다. 길어진 머리가 계속 거치적거리는지 가끔씩 머리를 뒤로 넘겼다.

그때마다 굵은 구릿빛의 목선이 모습을 드러냈다. 카타리나는 밥이 입으로 들어가는지, 코로 들어가는지 모를 정도로 우민의 옆모습을 훔쳐보는 중이었다.

우민이 그런 눈길을 눈치채고 조용히 중얼거렸다.

"타냐, 밥 먹자. 밥."

"흐, 흐흠."

20살의 카타리나의 모습은 만개한 꽃봉오리를 생각나게 했다. 볼륨감 있는 몸매에 뚜렷한 이목구비, 거기에 붉은빛 머리가 화려함을 더했다.

그런 카타리나가 새침하게 말했다.

"내가 먹지 말라고 했니?"

"밥 먹는데 왜 이렇게 힐끔거려. 신경 쓰여서 못 먹겠잖아."

카타리나가 의미심장하게 웃어 보였다. 그러고는 얼굴을 한층 더 우민 가까이 들이밀었다.

"내가 신경 쓰여? 그러면 더 가까서 보여줘야지."

훅.

짙은 성인 여성의 아찔한 향기가 우민의 코를 습격했다. 순식간에 신경계를 타고 뇌를 점령하려는 걸 겨우 막아냈다.

"변한 게 없구나."

카타리나가 이번에는 두 손으로 얼굴을 받치며 말했다.

"향상된 외모?"

우민은 차츰 집으로 돌아왔다는 것을 실감하고 있었다.

밥을 다 먹고 난 후 우민은 잠시 집을 나왔다. 길게 늘어진 장발이 여간 신경 쓰이는 게 아니었다.

카타리나가 떨어지지 않겠다는 듯 따라붙었다.

"같이 가!"

"넌 법대생라며. 공부 안 하냐?"

"방학 땐 쉬어도 돼."

"그렇게 쉬면서 해도 변호사 될 수 있어?"

카타리나가 자신만만하게 말했다.

"나니까."

그렇게 티격태격하며 집 앞에 위치한 미용실로 들어갔다. 압구정에 있어서일까, 50평은 넘어 보이는 규모에 일하고 있는 점원들의 모습에서도 생기가 넘쳤다.

다가온 점원이 카타리나에게 물었다.

"찾으시는 선생님 있으세요?"

"아, 저는 괜찮은데."

점원의 시선이 옆으로 이동했다. 얼굴을 반쯤 가린 머리, 낡고 해져 어디 고물상에서 집어온 듯한 점퍼. 밑단이 해져 있는 골덴 바지까지. 친절을 모토로 삼고 있지만 꿀꺽 침을 삼킬 수밖에 없었다.

눈치를 살피던 점원이 아주 조심스럽게 물었다.

"커트는 기본이 10만 원입니다."

우민이 깜짝 놀라 되물었다.

"네? 머리 자르는 데 10만 원이요?"

바로 얼마 전까지 무전여행을 다녀왔다.

머리는 가위로 대충 자르고, 옷은 벼룩시장에서 몸에 맞는 옷을 대충 사 입었다.

끼니는 그때그때 수입에 따라 달랐지만 최소한의 돈으로 해결했다. 무전여행을 다녀와서 검소한 생활이 몸에 밴 것이다.

옆에 있던 카타리나가 어이없다는 듯 옆구리를 쿡 찔렀다.

"야, 네가 매년 받는 인세만 해도 얼만데 겨우 10만 원 가지고 놀라냐."

친절이 몸에 밴 점원이 예상했다는 듯 정중하게 말했다.

"네. 기본 남자 커트 가격이고요. 파마나 스타일 연출에 따라 가격은 더 올라갑니다. 커트 하시겠어요?"

우물쭈물하는 우민을 대신해 카타리나가 나섰다.

"그렇게 해주세요. 돈이 얼마가 들어도 좋으니 예쁘게 꾸며주세요."

그리고 한 시간 뒤.

우민의 뒤로 일이 없는 직원들이 모여들었다. 지나가는 손님들도 연신 힐끔거리기 바빴다.

특히나 여자 손님들은 아예 대놓고 사진을 찍는 사람도 있었다.

"워, 워낙 잘생기셔서 크게 손댈 부분이 없네요. 커, 커트만 했습니다."

우민이 감고 있던 눈을 떴다. 확실히 비싼 값을 하는지 꾸벅꾸벅 조는 사이에 머리는 완성되어 있었다.

"네."

"네?"

"머리 마음에 든다고요."

"아, 그, 그렇군요. 그러면 샴푸 하는 곳으로 모시겠습니다."

미용사가 볼을 붉히며 말을 더듬거렸다. 얼굴에 묻은 머리카락을 털어내는 보조 미용사의 손은 살짝 떨리고 있었다.

우민이 벌떡 자리에서 일어났다. 성장기가 끝나 키는 185㎝까지 자라 있었다.

세계 여행을 하면서도 운동을 꾸준히 했는지 티셔츠는 팽팽하게 당겨져 가슴 근육을 도드라지게 보여주었다.

얼굴에서 몸매까지.

미용사가 슬쩍 물었다.

"혹시 연예인이세요?"

"하하, 아닙니다."

샴푸가 끝나고, 우민이 다시 자리에 앉았다.

꿀꺽.

미용사가 마른침을 삼켰다. 촉촉하게 젖은 머리에 깊이를 알 수 없는 눈빛이 합쳐서 뇌쇄적인 분위기를 만들어냈다. 보고만 있어도 들뜬 기분이 들었다.

뚝뚝 떨어지는 물기에 살짝 불쾌함을 느낀 우민이 물었다.

"드라이 안 해주세요?"

"아, 해드려야죠. 지금 하겠습니다."

멀찍이 앉아 있던 카타리나가 혼잣말로 중얼거렸다.

"그냥 장발로 내버려 둘 걸 그랬나. 이거 경쟁자가 너무 많아지는 건 아닌지 모르겠어."

머리 손질이 끝나고, 옷을 사기 위해 백화점을 찾았다. 미용실과 비슷한 직원들의 반응. 손님들의 반응도 비슷했다. 바로 옆에 카타리나가 있음에도 전화번호를 주고 가는 여자도 있었다.

뿐만 아니었다.

명품 숍을 찾았을 때는 아예 자기 핸드폰을 주는 여자까지 있었다. 얼떨결에 폰을 받아 든 우민이 말했다.

"이건 어떻게 해야 하나. 중고나라에 팔면 돈 좀 받겠지?"

중고나라를 들먹이는 우민을 보며 카타리나가 길게 한숨을 내쉬었다.

"도대체 어디 살다 와서 이렇게 지지리 궁상맞아진 거야."

"알뜰하고 검소한 거지."

"인세로 수십억을 벌어들이는 네가 그렇게 생활하는 건 검소한 게 아냐. 벌었으면 써야지 시장에 돈이 풀리고 경제가 활성화되는 거야."

"…너 경제학도 배우냐?"

"잔말 말고 오늘은 소비의 날로 지정한다. 최소한 500만 원 이상 쓰지 않으면 집으로 못 돌아갈 줄 알아."

"오, 오백?"

"오백, 금방이지. 자, 따라와."

카타리나를 따라다닐수록 우민의 모습은 변해갔다. 쇼핑이 끝나고 나자 거적때기를 뒤집어쓴 노숙인에서 완벽한 도시 남자로 변해 있었다.

*　　　*　　　*

서울패치 기자 한동우는 벌써 며칠째 국내 최고의 클럽이라는 '아키라'에서 죽치다시피 하고 있었다.

인기 최정상의 연예인인 '서성모'가 이곳에 자주 출몰한다는 말을 듣고, 혹시나 특종을 하나 잡아볼까 하는 마음에서였다.

"하아… 좋을 때다."

한겨울임에도 불구하고, 허벅지를 다 드러낸 여자들이 줄지어 클럽으로 입장했다. 혹시나 번호를 딸 수 있지 않을까 하는 남자들이 그 뒤를 바짝 쫓았다.

"슬슬 올 때가 됐는데……."

제보에 의하면 밤 12시에서 새벽 1시 사이에 주로 나타난다고 했다.

지금 시간이 12시가 막 넘어서고 있었으니 곧 나타날 때가 임박했다는 뜻이다.

"어?"

긴장의 끈을 놓치지 않고 정면을 주시하던 한동우가 사람들의 주목을 받는 남녀를 향해 빠르게 셔터를 눌러대기 시작했다.

남자가 자신의 기억에 존재했기 때문이다. 충분히 사진을 찍은 한동우가 셔터를 멈추었다.

"분명 어디서 많이 본 얼굴인데……."

기억이 날 듯 말 듯했다. 처음 보는 얼굴이 아닌 것만은 확실했다. 상당한 미모를 자랑하는 외국 여성과 함께 있어도 비주얼에서 밀리지가 않았다.

저 정도 인물이면 연예인들 중에서도 톱 급의 외모인데 잘 기억이 나지 않는다는 것이 이상했다.

아리송해하던 한동우가 서울패치 기자 단체 채팅방에 사진을 한 장 투척했다.

한동우: 혹시 얘 누군지 아시는 분?

1, 2분 정도의 시간이 지났을까. 선배 기자 한 명이 채팅을 올렸다.

선배 김민철: 어디서 많이 봤는데…….

선배 이지혜: 어? 얘 그 친구 아냐?

선배 김민철: 누구?

선배 이지혜: 그 있잖아. 미국에서 자유 훈장 받았던.

한동우의 머릿속으로 번뜩 한 명의 이름이 스쳐 지나갔다.

"이우민?"

미국에서 대통령 자유 훈장을 받고, 집필 활동에 전념한다는 이유로 한국 방송사와의 인터뷰는 일절 진행하지 않았다.

그 후 학교를 졸업하고, 어딘가로 여행을 간다는 말까지는 들었다.

그런 친구가 이곳 클럽에 나타나다니…….

한동우가 찍어놓은 사진을 다시 한번 살펴보았다. 그리고 인터넷을 검색하여 자유 훈장 받을 당시의 사진과 비교해 보았다.

"맞다……."

당시 선배 기자 몇 명이 미국까지 원정을 갔다가 인터뷰에 실패하고 다시 한국으로 귀국했던 기억이 났다.

"이거 잘하면 특종 뽑을 수 있겠는데."

놀란 한동우가 넋을 놓고 있는 사이 유명 연예인 서성모도 클럽에 나타나 VIP 통로를 이용해 빠르게 클럽 안으로 사라졌다.

*　　　　　*　　　　　*

우민은 안으로 들어가는 순간 나가고 싶어졌다. 매캐한 담배 연기, 귀를 찢는 듯한 EDM 소리는 그저 소음으로밖에 느껴지질 않았다.

더구나 주변에서 치근덕거리는 여자들 때문에 곤혹스러움을 금치 못했다. 막무가내로 엉덩이를 만지거나 자신의 등에 가슴을 대는 여자들이 수두룩했다.

"나가자."

"알았어. 딱 1시간만."

카타리나는 뭐가 그리 즐거운지 미친 듯이 몸을 흔들며 소리를 질러댔다. 그러기를 벌써 2시간째. 시간은 벌써 새벽 1시를 향해가고 있었다. 졸리고 피곤했다.

"나 간다."

우민이 정말 가겠다며 휙 하니 몸을 돌렸다. 카타리나가 그런 우민의 팔목을 잡는 순간 낯선 남자가 카타리나의 손목을 잡았다.

귓가로 들어오는 숨소리에 카타리나가 기겁을 하며 몸을 뒤로 뺐다.

"룸 가서 노실래요?"

충분히 무슨 말인 줄 알아들었다. 상대하기 싫은 마음에 재빨리 영어로 대답했다.

"No, I have a party."

"그래요. 파티. 위에 파티 엄청나. 고고."

카타리나가 인상을 찡그리며 벗어나려 할 때 우민이 할 수 없다는 듯 나섰다.

"제 일행입니다. 이러지 마세요."

"딱 보니까 사귀는 사이도 아니고, 오늘 만난 것 같은데 좋게 말할 때 이러지 말고 다른 여자 찾아보세요."

듣고 있던 카타리나가 어이가 없는지 한국말로 확 쏘아붙였다.

"일행 맞으니까 저리 가세요."

그제야 다가왔던 남자가 주춤거리며 물러났다. 남자가 사라지고 이번에는 또 다른 남자가 다가왔다.

"어, 너 이우민 아냐? 맞지?"

"…설마 성모 형?"

"이야, 이게 얼마만이야. 반갑다."

"어… 그래."

"감독님이랑 회식하려고 왔는데 이렇게 만나네. 뉴스에서 나오는 건 많이 봤다."

"형도 좋아 보이네."

"하하, 그냥 뭐. 인기상 몇 개 타고 이제야 CF 10개 정도밖에 못 찍었어."

천성은 쉽게 변하지 않는지 잘난 척하는 성격은 여전했다.

"그랬구나. 나는 미국 대통령한테 훈장 받고, 할리우드에서 백지수표 받아본 게 단데. 하아, 형이 참 부럽네."

시끄러운 EDM 소리 때문일까. 서성모는 못 들은 척 돌아섰다.

"감독님이 기다리셔서 먼저 가볼게. 다음에 또 보자."

우민이 알았다며 손을 흔들었다. 자신에게 불리한 말은 듣지 않는 습관 역시도 여전했다. 우민은 귀엽다는 듯 서성모를 바라보았다.

제3장

창조된 세계 I

다음 날.

손석민은 쉴 새 없이 울리는 핸드폰 때문에 정신이 나갈 지경이었다. 개인 핸드폰이 멈추지 않고 울린다는 뜻은 회사로 오는 전화는 더 많다는 것이다.

직원들은 모든 업무 시간을 전화 응대에 사용해야 했다. 오랜만에 회사에 나와 소속 작가들에게 여러 조언을 하던 우민이 능청스럽게 말했다.

"소문이 진짜 빠르네요. 도대체 어떻게 알려진 거지."

"카타리나랑 클럽 갔지?"

"네. 타냐가 너무 졸라서 어쩔 수가 없었어요. 어, 그런데 어떻게 아셨어요?"

"뉴스에 나왔더라. 확인해 봐."

<오리무중이던 유명 작가이자 자유 훈장 수상자 이우민 한국 입국?>

기사의 내용은 강남의 한 클럽에서 여자들과 놀고 있는 모습이 목격되었다는 것이었다.

"하하, 댓글에도 달렸네요. 혈기 왕성한 20대. 한창 놀 때라고. 보기 좋다고요."

"아저씨도 좋긴 하다만… 이건 뭐, 일도 못 하고 하루 종일 전화만 받아야 할 판이니."

혹여 자신에게 불똥이 튈까 우민은 재빨리 함수호에게 말했다.

"하하, 함 작가님 막힌다는 부분이 어디였죠?"

그새 울린 핸드폰을 받아 든 손석민이 조용한 곳을 찾아 움직였다.

한차례 자리를 돈 우민이 자신의 자리에 앉았다. 오랜만에 만끽하는 여유로운 시간을 즐겼다.

'확실히 한국 인터넷이 빨라.'

무전여행을 할 당시 핸드폰도 들고 다니지 않았다. 잠자리도 대부분 들고 다니는 텐트에서 해결했다.

그러다 아주 가끔 게스트 하우스를 가게 되면 그곳에서 잠깐의 인터넷 시간을 즐겼다.

가장 먼저 접속한 곳은 판타월드. 자신이 완결을 내고 빠진 자리를 누가 차지하고 있는지 궁금했다.

'어디 보자, 1등이… 천마강림. 이우철?'

처음 보는 이름이었다. 신인인가 싶어 첫 회부터 찬찬히 읽어 내려가 보았다.

눈살을 찌푸리게 하는 장면이 유독 많이 있었지만 재미가 있었다.

잔인함이라는 장점을 살려 글을 맛깔나게 써 내려간 것이 아무리 읽어봐도 신인이라고는 믿기 힘들 정도의 필력을 자랑했다.

'기존에 글을 쓰시던 분인 것 같은데… 확실히 퀄리티가 달라.'

글의 질을 떠나서도 벌써 써 내려간 분량이 500회가 넘어간다. 권수로 따지면 25권이다.

신인이 썼다고는 힘들 정도의 분량이다. 만약 정말 신인이라면 자신과 비슷한 슈퍼 루키다.

'세상은 넓고, 인재는 많다더니.'

우민이 정신없이 천마강림을 읽어 내려갔다. 오랜만에 보는 장르 소설을 읽는 재미에 푹 빠져 시간 가는 줄을 몰랐다.

그 자리에 앉아서 15권 분량을 읽어 내려갔다.

'이 글도 반복 패턴에서 벗어나지 못했구나.'

16권을 읽기 시작하자마자 알 수 있었다.

패턴의 반복.

어찌할 수 없는 한계에 이 글도 부딪쳐 있었다. 변주를 하기 위해 애쓴 흔적이 곳곳에 보였지만 조악한 수준이었다.

우민은 더 이상 글을 읽지 않고 자리에서 일어났다.

"벌써 밤이구나."

정신없이 읽어 내려가다 보니 주변이 캄캄해져 있었다. 집중하는 자신을 방해하지 않기 위해, 다들 조용히 자리를 떠난 것 같았다.

우민은 자리에서 일어나 창밖으로 가보았다. 확실히 서울 하늘이라는 것을 증명이라도 하듯 별은 보이지 않았고, 반짝이는 전등 불빛만이 반짝였다.

카타리나 덕분에 요 며칠이 정신없이 지나갔다. 차츰 시차에 적응하고, 생활의 흐름이 이제야 자신의 페이스대로 돌아온 것 같았다.

원래는 며칠 더 쉬다가 시작하려 했지만, 이렇게 된 거 지금 시작해도 될 것 같았다.

"그럼 여행 내내 기획했던 글을 한번 시작해 볼까."

      *   *   *

아침 사무실로 들어서던 손석민은 재빨리 몸을 숨겼다.

"무슨 벌 떼도 아니고……."

사무실로 걸려온 전화는 애교 수준이었다. 수십 명의 기자들이 카메라를 들고 회사 앞에서 진을 치고 있었다.

자신이 가지 않으면 애꿎은 직원들에게 피해가 갈 게 자명할 터, 손석민이 할 수 없이 발걸음을 옮겼다.

손석민을 발견한 기자들이 우르르 몰려들어 정신없이 질문을 퍼부었다.

"보도 자료를 통해 알려 드린 대로 현재 한국에 입국한 상태입니다."

"당시 사고를 당하고 심적으로 어려움이 많아 사람들 앞에 설 상태가 아니었습니다."

"여행을 통해 많은 부분 극복했습니다."

"맞습니다. 현재 차기작을 준비하고 있는 중입니다."

질문이 끝나고 이제는 인터뷰 요청이 쇄도했다. 현재의 모습을 한 장이라도 카메라에 담아야 한다는 의지가 가득했다.

그러나 우민과 이미 이야기가 끝나 있었다.

미디어 노출은 최소화하고 싶다. 정말 어쩔 수 없을 때만 출연하겠다.

그래서 왜냐고 물어보니 대답이 가관이었다.

"안 그래도 너무 잘생겨져서 그런지 사람들이 많이 쳐다봅니다. 미디어에 노출되면 더할 것 아닙니까?"

싫다고 하는 걸 억지로 시킬 수도 없는 일이다. 잠시 우민과의 대화를 회상한 손석민이 양해를 구했다.

"현재 차기작 구상에 몰입해 있는 상태입니다. 작가의 본업은 글을 쓰는 일. 인터뷰는 추후에 일정을 잡아 말씀드리도록 하겠습니다."

괜히 기자들과 척을 질 수는 없었기에 손석민은 최대한 조심스럽게 말했다.

사무실로 올라가서는 바로 위층의 작가들 집필 공간으로 가보았다. 그렇지 않아도 어제 집에 들어오지 않아 박은영의 걱정이 대단했다.

"너 이 녀석… 어제는 왜 집에……."

문을 열고 들어가자마자 끊임없이 키보드를 두드리는 우민의 모습이 보였다.

말소리를 줄인 손석민이 순간 갈등에 휩싸였다.

'건강을 생각하면 막아야 하는데… 흐름을 깨는 것 같기도 하고……'

망설이던 손석민이 조심스럽게 문을 닫고 나갔다.

이제 20살, 어엿한 성인. 건강관리도 자신의 몫이다.

'언제까지 쫓아다니면서 잔소리를 할 수는 없으니까.'

＊　　　　＊　　　　＊

하루, 이틀, 삼 일이 지났다.

우민은 사무실에서 숙식을 해결하며 글을 써나갔다. 집에서 사무실까지 아무리 죽치고 있어도 우민이 나타나지 않자 기자들도 하나둘씩 지쳐 나가떨어졌다.

그렇게 일주일이 지났을 때 우민이 손석민을 찾았다.

"아저씨, 이거 한번 읽어보시고 감상 좀 부탁드려요."

우민이 보낸 건 한 권 분량의 소설.

제목은 '떨어진 달'이었다.

이야기는 두 개의 달이 떠 있는 세상에서 작은 달 하나가 떨어진 후 100년 뒤에서 시작한다. 멸망하다시피 한 인류는 다시 문명을 일구며 희망의 불씨를 지폈다. 그 안에서 일어나는 인간 군상들의 모습은 마치 그곳에서 살고 있는 듯한 느낌을 줄 정도로 생생하게 전해졌다.

기존에 우민이 썼던 소설들은 배경이 전부 현대였다. 작가가 꾸며낸 세상보다는 존재하는 것들을 잘 버무린 것에 불과했다.

물론 탁월한 글솜씨로 최고의 요리를 만들어왔다.

그러나 이번 소설은 다르다.

완벽하게 우민이 창조한 세계 속에서 캐릭터들이 뛰어놀고 있었다.

그렇다고 배경 설명만 줄줄이 늘어놓는 것도 아니었다. 대화와 설명이 적절히 섞여 읽어나가는 데 전혀 부담이 없었다.

'재밌어. 너무 재밌어.'

스크롤을 내리는 게 아까울 정도였다.

작은 달 신전의 입구에 도착했다. 가장 먼저 칼을 빼 든 레이첼이 앞으로 돌격했다.

신전 앞. 눈부신 갑옷을 걸친 신성 기사단이 촘촘히 방어진을 구축하고 있었지만 멈추지 않았다.

마치 죽음을 향해 뛰어드는 부나방 같았다.

끝까지 읽은 손석민이 다 읽었다는 아쉬움에 얕은 한숨을 내쉬며 눈을 깜박였다.

왠지 허기가 져 주변을 둘러보니 인기척이 느껴지질 않았다.

"어? 다 어디 갔지."

시계를 확인해 보니 벌써 1시. 점심시간이 지나 있었다. 자신이 글을 읽기 시작한 게 아침 10시쯤이었으니 2시간이 지난 것이다.

타임워프가 있다면 이런 느낌일까?

"그나저나 밥을 먹으러 가면 간다고 말을 하고 가야지. 치사한 놈들."

마침 식사를 마친 직원들이 삼삼오오 들어오고 있었다. 손석민이 직원들을 향해 장난스럽게 말했다.

"밥 먹으러 가면 간다고 말을 해줘야지. 배신자들아."

들어온 직원이 억울하다는 듯 답했다.

"아니, 몇 번을 불러도 대답 없던 게 누군데 그런 말씀을 하십니까."

"으, 응?"

"정말 기억 안 나십니까? 제가 몇 번이고 불렀는데 사장님이 들은 척도 하지 않으시기에 그냥 간 겁니다."

"내가, 그, 그랬었나."

기억나지 않는 사실에 손석민이 이마를 긁적였다. 컵라면에 뜨거운 물을 부은 우민이 손석민에게 말했다.

"아저씨 것도 하나 만들었으니까, 이거나 드세요."

후루룩.

뜨거운 면발을 후후 불며 한입에 삼킨 손석민이 젓가락질을 하고 있는 우민을 바라보았다.

도대체 머릿속이 어떻게 만들어져야 이런 글을 쓸 수 있는 것일까.

"뭐가 궁금해서 그렇게 쳐다보시는 거예요."

"이거 뭐야? 마법사 해리나 반지의 제왕 생각하면서 쓴 거야?"

우민이 별것 아니라는 듯 무심하게 답했다.

"그냥 미국에서 많은 일이 있었잖아요. 그때 쌓았던 것들이 여행을 통해 정리되면서 글로 나온 것뿐이에요."

"벼, 별게 아니라니. 넌 하나의 세계를 창조한 거야. 내가 지금까지 살면서 무수한 장르 소설을 읽어왔지만, 여기 나오는 설정들은 지금껏 내가 어디서도 본 적이 없다. 마법사 해리가 전 세계에서 몇 권 팔렸는지 알지? 자그마치 5억 권이다. 너도 그렇게 될 수 있을 것 같단 말이야."

손석민은 한 젓가락을 먹고는 더 이상 입에 대지 못했다. 다음 이야기가 보고 싶어 미칠 지경이었다.

그것보다 앞으로 이게 출간되었을 때의 반응이 기대돼 손가락이 떨려와 면발을 집을 수가 없었다.

"전 세계에서 가장 많은 책을 판매한 작가가 될 거라고 예전에 말씀드렸었잖아요. 이걸로 한번 도전해 봐야죠."

"……"

여행을 다녀와도 겸손은 배워오지 않았나 보다. 그래도 그 모습이 여전히 보기 좋았다.

*　　　　*　　　　*

"떨어진 달?"

판타월드에 접속한 이문철이 어이가 없다는 듯 콧방귀를 뀌었다. 10편밖에 올라오지 않았지만 판타월드 첫 화면에 팝업창까지 띄워가며 홍보하고 있어 보지 않을 수가 없었다.

클릭하여 들어가자 제목이 '떨어진 달'.

판타월드에서 유행하는 이름과는 사뭇 달랐다.

"조회 수가 떨어지겠다. 이 새끼야."

그저 제멋에 취해 글을 써서 올렸다고 생각했다. 그런 놈들을 이미 많이 봐왔다. 작은 인기에 취해 자신이 뭐라도 되는 양 예술을 하겠다고 설치는 놈들.

자신이 알기로 그런 놈들 중에 배곯지 않는 놈을 본 적이 없다. 결국에는 대중들에게서 멀어지고 도태되어 사라져 버렸다.

"이놈도 여기까진가 보네."

나름대로의 평가를 내려놓고 한번 글을 읽어보았다. 그런데 첫 화부터 필력이 심상치가 않았다.

이미 댓글 창에는 칭찬의 내용이 빠르게 올라오는 중이었다.

"이게… 이렇게 재밌을 리가 없는데… 말도 안 돼."

자신이 보기에는 유치하기 짝이 없는 내용이었다. 댓글에 달리는 칭찬이 도무지 이해가 가질 않았다.

그저 분위기에 휩쓸린 거라 생각한 이문철이 세컨드 아이디로 판타월드에 접속했다.

—노잼. 이거 제목대로 가네요. 곧 떨어질 각.

"크큭."

자신이 써놓은 언어유희가 마음에 드는지 저열하게 웃던 이문철이 이내 다른 글들에도 하나씩 댓글을 남기기 시작했다.

＊　　　　＊　　　　＊

새롭게 글을 올린다는 말에 박은영이 독수리 타법으로 판타월드에 가입했다. 본인 인증에서부터 아이디, 비밀번호를 적어 가입하는 데만도 1시간이 넘게 걸렸다. 그렇게 힘들게 가입해 아들이 쓴 글을 읽으려 하자 이번에는 노안이 문제였다.

모니터의 작은 글씨는 잘 보이지도 않았다. 겨우 안경을 쓰고 봤지만 40살이 넘은 박은영은 큰 재미를 느끼지 못했다.

다만 글에 달려 있는 댓글 읽는 재미가 쏠쏠했다.

—재밌어요.
—어떻게 이렇게 글을 잘 쓰시나요?
—저희 집에 가두고 글만 쓰게 하고 싶네요.
—갓민님, 글 항상 재밌게 보고 있습니다.

등등 칭찬이 가득했다. 새삼 뿌듯하고 자랑스러웠다. 이런 반응이 있을 거라 기대하고 봤지만 막상 실제로 확인하자 가슴이 벅차 왔다.

"어?"

있어서는 안 되는 댓글이 하나 달려 있었다.

"뭐, 노잼?"

자신이 알기로는 재미가 없다는 뜻이었다.

"이거 제목대로 가네요. 곧 떨어질 각? 떨어지긴 어딜 떨어져! 이대로 1위 직행 각이거든."

이대로는 참고 볼 수 없기에 집에 있던 카타리나를 불렀다.

"카타리나, 여기에 댓글 좀 달고 싶은데 어떻게 하면 되니?"

박은영이 가리킨 댓글을 읽은 카타리나가 안색을 굳히며 키보드에 손가락을 얹었다.

—우민 작가님 발끝에도 못 미치는 놈이 어디서 악플이야. 그렇게 할 짓이 없냐? 응?

그리고는 속이 시원하다는 듯 활짝 웃었다.

"이 정도면 괜찮겠죠?"

"그, 그래."

순간 박은영은 우민이 카타리나와 결혼했을 때의 모습을 떠올려 보았다.

'흐음.'

순탄치만은 않을 것 같았다.

*　　　　*　　　　*

일주일 사이.

진을 치고 있던 기자들이 대부분 자리를 떠났다. 유일하게 남아 있는 것이 '그 사람을 만나고 싶다'라는 교양 프로의 작가였다.

"이번 달도 시청률이 바닥이다. 곧 폐지 얘기가 나올 것 같다."

자신도 느끼고 있었다. 시청률은 올라갈 기미가 보이지 않았고, 인기 없는 프로에 유명 연예인이 출연해 줄 리 없었다.

유명한 사람이 나오지 않으니 다시 시청자 수는 하락.

악순환의 반복이었다.

"이대로는 안 돼."

29살.

이 바닥에서 제법 잔뼈가 굵었기에 더욱 절실했다. 폐지된 프로그램의 작가를 누가 써줄까.

PD는 괜찮지만 비정규직인 자신은 이대로 일자리를 잃을지도 모른다.

앞으로의 커리어를 위해서라도 폐지된 방송의 작가가 되면 안 된다. 이제 오나 저제 오나 기다리던 작가의 눈에 차 한 대가 빠져나가는 것이 보였다.

끼이익.

갑자기 뛰어드는 통에 손석민이 질겁을 하며 브레이크를 밟았다. 반동에 의해 숙여진 고개를 들고 보니 웬 여자 한 명이 두 팔을 벌리고 서 있었다.

창문을 열고, 최대한 화를 억누르며 말했다.

"지금 뭐 하시는 겁니까. 차에 치여 죽고 싶어요?"

질끈 두 눈을 감고 있던 여자가 창문이 있는 쪽으로 달려왔다.

"저는 M방송 '그 사람이 보고 싶다' 작가인데요. 이우민 씨 섭외 좀 부탁드립니다. 제발요. 안 그러면 저 잘립니다!"

두 눈은 사정없이 떨리는 중이었고, 차에 치일 뻔했다는 두려움 때문에 제자리에 서 있기도 힘들 지경이었다.

그래도 용기를 냈다. 이렇게까지 해도 안 되면 포기하겠다고 생각했다.

"섭외를 하고 싶으시면 연락을 주시면 되는 일인데… 왜 이렇게까지 하세요. 방금 죽을 수도 있었다고요."

죄송함에 잠시 머뭇거렸다. 그러나 이내 마음을 다잡고는 말했다.

"그만큼 절실하니까요. 섭외 안 되면 생계가 끊깁니다. 앞으로 먹고살 길이 막막해요."

창문을 꼭 붙들고 있는 두 손도 바들바들 떨고 있었다. 분노가 사라지고 안쓰러운 눈으로 작가를 보던 손석민이 슬쩍 뒷좌석을 보았다.

할 수 없이 우민은 차문을 열고 밖으로 나왔다.

"명함 한 장 주시겠어요? 생각해 보고 말씀드릴게요."

우민을 실제로 본 작가가 꿀꺽 마른침을 삼켰다.

'대박이다. 섭외만 되면 이건 동 시간 시청률 1위는 문제도 아니야.'

이제껏 방송에서 구르며 터득한 감이 비명을 질러댔다.

섭외해라.

"그, 그냥 출연해 주시면 안 될까요? 워, 원하시는 조건은 최대한 맞춰 드리겠습니다."

"회당 출연료 1억을 주겠다는 제안도 거부했어요. 그보다 많이 줄 수 있습니까?"

우민은 눈앞의 여자가 꿀 먹은 벙어리가 될 줄 알았다.

"대, 대신 우민 씨의 삶을 정확하게 기록해 드릴게요. 그, 글과는 다른 느낌일 겁니다."

"정확하게라… 그러면 미국 대통령에게 왜 제게 자유 훈장을 수여했는지 알아봐 줄 수 있습니까? 제가 여행을 하면서 부딪친 중동의 테러 단체가 왜 절 풀어줬는지 알아봐 줄 수 있어요?"

안 하겠다는 말이었다. 지금도 길거리를 지나다닐 때 힐끔거리는 사람들의 시선이 약간 불편했다. 그래서 지금껏 방송 출연을 거부해 왔다. 인지도를 쌓은 지금은 딱히 방송으로 홍보할 필요성도 없었다.

'어떻게 해야 한다……'

이 여자는 이대로 물러날 것 같지 않았다. 출발하는 차 앞에 망설임 없이 끼어드는 용기를 지닌 여자였다.

우민이 슬쩍 여자의 행색을 살폈다. 방송 작가 생활이 그리 녹록하지 않은지 화장기 없는 맨 얼굴에 메고 있는 가방은 가죽이 해져 처연함을 더하고 있었다.

"네! 그렇게 할게요!"

역시나 이성이 마비된 작가의 말은 자신이 예상했던 그대로였다.

저 정도 열정이면 자신이 미국에서 경험하고, 여행을 하며 구상했던 작가 그룹에 넣어줘도 될 것 같았다.

그러나 최소한의 테스트는 필요하다.

"그러면 먼저 방송 구성안을 짜서 보여주세요. 그 뒤에 결정하겠습니다. 더 이상의 양보는 없습니다."

우민의 말투에서 느껴지는 단호함 때문인지 작가도 더 이상 떼를 쓰지는 않았다.

"알겠습니다. 그렇게 할게요."

"만약 구성안이 마음에 들면 방송에 출연하는 것에서 그치지 않고, 제가 만들고 있는 작가 그룹의 일원으로 초대할 생각도 있으니까. 한번 최선을 다해보세요."

여자의 두 눈이 더할 나위 없이 커졌다. 사뭇 거만하게 들릴 수도 있는 말이었지만 전혀 고깝게 들리지 않았다.

우민은 이미 세계적으로 인정받고 있는 작가.

시청률 1% 유지를 겨우 하고 있는 방송 작가를 하고 있는 자신과는 다른 세상에 살고 있는 사람이다.

"자, 작가 그룹이요?"

"자세한 이야기는 나중에, 스케줄은 사장님께 전해주세요."

말을 마친 우민이 차에 올라탔다. 어리둥절했지만 결코 자신이 손해 보는 말은 없었다. 여자는 고마움 때문인지 허리가 꺾일 듯 인사를 했다. 정신이 없던 와중에 자신의 이름도 소개하지 않았다는 사실이 불현듯 떠올랐다.

"제 이름은 송민영이에요! 송민영!"

한 번, 두 번. 보는 사람이 안쓰러울 정도였다. 창문을 내린 우민이 고개를 저으며 말했다.

"알겠습니다. 기억해 둘게요. 송민영 씨 저보다 나이도 많아 보이시는데 인사는 그만하세요."

얼떨떨해하던 손석민이 차를 출발시켰다.

집으로 돌아온 우민은 가족들을 불러 모았다. 중요하게 할 말이 있는지 장시간 뜸을 들였다.

"이제 엄마도 새 삶을 시작하고 계신 것 같으니 저도 독립

할 때가 된 것 같아요."

여행을 다녀와서 일주일이 넘게 사무실에 박혀 글을 쓰고 나와서는 바로 하는 폭탄선언에 박은영이 입술을 꽉 깨물었다.

"우, 우민아… 네가 생각하는 그런 게 아니라……."

"괜찮아요. 엄마. 나도 일주일 동안 많이 생각해 봤는데 그러는 게 좋을 것 같아. 나도 이제 독립해서 여자 친구도 사귀고, 잘되면 결혼해서 아이도 가져야지."

"그, 그야 그렇지만 이렇게 빨리… 한국 돌아온 지도 며칠 되지 않았잖아."

둘의 대화에 손석민은 쉽게 끼어들지 못했다. 카타리나는 말할 것도 없었다.

"이런 일은 빠르면 빠를수록 좋아. 신사역 근처에 집도 계약했어. 여기랑 그리 멀지 않은 곳이야."

"우민아, 엄마는……."

집까지 계약했다는 말에 박은영이 긴 한숨을 내쉬었다. 우민이 없는 동안 박은영과 함께한 손석민이었다.

미국에서부터 많은 도움을 받았다. 자연스러운 관계의 진전. 누가 먼저랄 것도 없이 서로에게 의지했다.

눈치 빠른 우민이 모를 리 없었다.

"괜찮아. 당연하고 자연스러운 거지. 또 이렇게 내가 멀리

떠나 버리면 엄마는 누가 지켜줘. 가장 중요한 건, 석민 아저씨라면 나도 안심이야."

더 이상의 설득은 무의미했다. 박은영이 알았다며 고개를 끄덕였다. 손석민은 조용히 침묵함으로써 답을 대신했다.

말을 마친 우민이 자리에서 일어났다.

"떡 본 김에 제사 지내랬다고, 나 짐 싸야겠다."

혼자 살기로 선언하고 방으로 들어가 짐을 싸는 우민의 옆에서 카타리나가 싱글벙글해하며 웃음을 감추지 못했다.

"이사 가는 건 난데 네가 왜 이렇게 좋아해?"

"그러게. 왜 내가 신이 날까."

"너랑 둘이 있을 일은 없으니까. 그렇게 좋아할 것 없어."

핀잔을 줘도 카타리나의 웃음은 멈추지 않았다.

"헤헤."

"딴생각하지 마. 우리 집에 여자는 출입 금지야."

"딴생각은 무슨 너, 너무 엉큼한 거 아니니?"

그러면서도 눈웃음을 멈추지 않았다. 그러나 우민은 정말 관심이 없다는 듯 짐만 쌌다.

*　　　　*　　　　*

집으로 돌아온 송민영의 심장은 여전히 빠르게 뛰며 멈추질 않았다.

구성안을 잘 만들어 가면 섭외에 응해주는 것만이 아니라, 자신이 만들고 있는 작가 그룹에 초대해 준다니.

"이게 말로만 듣던 스카우트 제의인가?"

우민이 미국에서 제작에 참여한 드라마를 자신도 재밌게 보았다. 자유 훈장을 수여받았다고 했을 때는 정말 깜짝 놀랐다. 당당하게 연설하는 모습을 살짝 눈물까지 글썽이며 시청했다. 목숨을 위협받은 아이가 의연하게 연설하는 모습이 그렇게 감동적일 수가 없었다.

당장에 서점으로 달려가 우민이 출판한 소설을 전부 구매해 읽어보았다.

작품, 작품이 자신의 미약한 재능을 초라하게 만들었다.

"스타를 만난 팬의 심정이 이런 건가."

자신도 가끔 인기 드라마 작가를 상상하며 몇 번 공모전에 참가해 보았지만 번번이 낙방했다. 스스로가 보기에는 재밌는 것 같은데 무엇인지 문제일까. 도저히 알 수 없었다.

그러나 저 사람이라면 해답을 줄 수 있지 않을까?

"구성안에 집중하자. 보자마자 감탄사가 나오는 구성안을 짜는 거야. 그러면 팬이 아닌 동료가 될 수 있다."

수많은 방송을 통해 이미 어떤 구성으로 진행되는지 틀은 정해져 있었다.

거기에 각 인물들의 특징에 따라 콘텐츠를 배열해 방송에 내보내는 것으로 정형화되어 있었다.

"틀을 바꿀 것인가, 내용을 알차게 채울 것인가."

송민영의 고민은 거기서부터 시작되었다. 가끔씩 아이디어가 생각나지 않아 자리에서 일어날 때 빼고는 삼시 세끼를 책상 앞에서 해결했다.

컵라면 그릇, 편의점 도시락 플라스틱, 간간히 맥주 캔이 책상 앞에 쌓여갔다.

눈 밑에 다크서클도 길어져 갔지만 눈빛만은 고요히 빛나고 있었다. 타닥거리는 키보드 소리만이 7평 남짓한 원룸 방 안에 울려 퍼졌다.

그렇게 며칠이 지났을까. 송민영이 드디어 키보드에서 손을 뗐다.

"하얗게 불태웠어."

모니터에는 우민을 주인공으로 하는 '그 사람이 보고 싶다' 방송 구성안이 완성되어 있었다. 송민영은 피디가 아닌 우민에게 가장 먼저 구성안을 전송했다.

*　　　　*　　　　*

한남대교 바로 옆.

한강과는 불과 300m도 떨어져 있는 않은 곳에 덩그러니 세워져 있는 아파트 한 채가 있다. 한 층이 하나의 집으로 이우러져 있어 전용면적만 70평을 넘는다.

집 안의 내장재는 최고급으로 꾸며져 있었고, 거실의 통유리를 통해서는 한강 조망이 완벽하게 확보되었다.

"나도 한국 와서 살고 싶다. 그냥 확 여기서 변호사 할까?"

"네가 한국에서 어떻게 변호사를 해."

"너 몰랐어? 대형 로펌에서는 미국 변호사 자격증을 가진 사람도 상당수 고용하고 있어. 글로벌 기업의 분쟁은 자국에서만 벌어지는 게 아니잖아."

법.

자신의 전문 분야가 아니었기에 우민은 입을 닫았다.

"헤헤, 집은 정말 좋다. 머리 자를 때는 10만 원이 아깝다는 놈이 무슨 바람이 불어서 이런 집을 샀는데."

"나도 내가 가치를 두고 있는 부분에는 돈을 아끼지 않아. 그나저나 너는 안 돌아가냐? 남자 혼자 사는 집에 무단 침입해서 뭐 하는 거야."

카타리나가 눈꼬리를 한껏 추켜올렸다. 입을 동그랗게 벌리며 말했다.

"네가 남자였어? 나는 지금까지 순한 양으로 알고 있었는데, 오늘 남자다운 모습 보는 거야?"

그러면서 살짝 입술을 달싹거리는 걸 잊지 않았다. 명백한 유혹의 몸짓에 우민이 미간을 찌푸렸다.

오늘 집에도 결코 들이지 않으려 했지만 문 앞에 불쌍한 표정으로 서 있는 걸 보자 도저히 거절할 수가 없었다.

왜 카타리나에게는 냉정해지지 못하는 걸까.

우민은 머리를 흔들며 잡념을 털어내고, 거실 통유리 정면에 마련해 둔 책상 앞에 앉았다.

허먼 밀러사의 제품으로 책상과 의자를 합쳐 오백만 원이 넘어 갔다.

가격 때문인지 의자가 주는 편안함이 달랐다. 허리를 딱 잡아주고, 목을 단단히 지지해 주어 자세 교정이 절로 되는 것 같았다.

의자에 앉은 우민이 판타월드에 접속해 자신이 올리고 있는 글인 '떨어진 달'의 조회 수를 살펴보았다.

"흐음……."

작품은 순항 중이었다. 그러나 자신의 마음은 순항하고 있지 않았다. 바로 옆에 의자를 가져온 카타리나가 턱을 괸 채 다리를 꼬고 앉아 우민을 보고 있었다.

"할 일 없어?"

"널 보는 게 내 할 일인걸."

"…뭐라는 거야."

"남자로는 언제 변하는 거야?"

우민이 짧은 한숨을 내쉬며 윗입술을 핥았다. 카타리나의 쭉 뻗은 각선미가 유독 시선을 자극했다. 하필이면 각선미가 그대로 드러나는 레깅스를 입고 있었다.

후우.

고개를 앞으로 내민 카타리나가 우민의 귀에 바람을 불어 넣었다. 뜨거운 바람이 귀로 들어가며 귓불이 새빨갛게 변했다.

"야!"

"헤헤, 뜨거웠어?"

우민이 두 눈을 질끈 감았다. 아무래도 오늘 일을 하는 건 무리일 것 같았다.

"확 잡아먹는 수가 있으니까. 잘하란 말이야."

우민이 결국 자리에서 일어났다.

"알았으니까 나가자. 가로수길 가서 뭐라도 먹자."

"나는 집도 좋은데……."

새빨간 입술을 살짝 훑으며 하는 말에 우민이 마른침을 삼켰다.

"아쉽지만 할 수 없지."

카타리나가 밝은 표정으로 자리에서 일어났다.

＊　　　＊　　　＊

카타리나를 겨우 돌려보내고 우민이 다시 책상 앞에 앉은 시간은 새벽 1시.

자신이 주로 사용하는 메일함을 클릭해 보니 붉은 불이 들어와 있었다.

"오, 생각보다 빨리 보냈네."

송민영이 보낸 방송 구성 기획안이었다. 첫 부분을 읽어 내려가던 우민이 '큭' 하고 웃음을 터뜨렸다.

다른 나라 국적으로 노벨상을 수상하겠습니다.

패기 넘치던 어린 시절의 기자회견이 '그 사람이 보고 싶다' 첫 장면의 시작이었다.

어쩌면 '흑역사'라 불릴 만한 모습일 수도 있었다. 그러나 대중들의 관심은 충분히 끌 것이다.

"내가 이랬던 때도 있었구나."

구성안을 보자 과거의 기억들이 주마등처럼 스쳐 지나갔다. 자신이 학교를 졸업하고 무전여행을 했던 때의 장면들을 빼고는 과거들이 빼곡히, 그리고 정확하게 기록되어 있었다.

송민영이 말했던 대로 정확하기는 했다. 그리고 약간의 재미도 있었다.

오탈자 하나 없는 것이 심혈을 기울여 썼다는 게 느껴지기는 했지만 그게 다였다.

구성안만으로도 현재 시청률 1%로 폐지 위기에 있는 이유를 알 수 있었다.

"정확하게 기술하는 게 다가 아니니까."

BGM도 적절했고, 각 장면들에 대한 시간 분배도 나쁘지 않았다. 요소요소는 괜찮았지만 전체를 모아놓고 보면 2%가 부족한 느낌?

우민은 송민영이 보내온 기획안에 자신의 생각을 첨부해 나갔다.

적절한 긴장감을 조성하기 위해 화면 구성 간의 시간 분배를 바꾸고, '그 사람이 보고 싶다'에서 출연자에게 하는 인터뷰 질문의 내용도 수정했다.

대중들이 자신에 대해 어떤 것을 알고 싶어 하는지, 어디서 웃음을 주고, 어디서 감동을 줄지를 하나씩 정리해 나가자 보통 2부작으로 끝나는 프로가 4부작으로 완성되어 있었다.

"내 인생 역경이 짧지가 않은데 최소한 4부작은 해줘야지."

정리를 마친 우민이 고개를 드니 한강 너머로 해가 떠오르고 있었다. 집중한다고 하다 보니 밤을 꼴딱 새워 버렸다.

"그만 자자."

시간을 인지하자 피곤이 몰려왔다. 우민은 그대로 침대로 가 누워 버렸다.

*　　　　*　　　　*

방송국으로 출근한 송민영이 초조하게 연락을 기다렸다. 원고를 보낸 게 벌써 그저께 밤이었다.

한다면 한다, 안 한다면 안 한다는 연락이 와도 벌써 왔어야 할 시간이다.

프로그램 회의실로 들어온 PD가 송민영을 찾았다.

"송 작가, 커피 한잔하지."

살짝 나온 턱살에, 푸근해 보이는 뱃살. 만사가 느긋한 이 PD의 안색이 썩 좋지 않았다.

지난번 언질이 나왔던 그 순간이 온 것이라 예감했다. 커피숍으로 이동해 목을 축인 피디가 쉽게 말을 꺼내지 못하고, 입술만 축였다.

송민영이 먼저 입을 열었다.

"폐지가 결정된 건가요?"

"그래, 예정돼 있던 촬영까지만 마치고 그만하라네."

폐지 통보.

아예 말을 하지 않다가 당일에야 말해주는 PD도 있다고 했다. 이 PD 정도면 상당히 착한 편.

송민영은 화도 내지 못하고, 앞에 놓인 커피 컵만 만지작거렸다.

"혹시 이우민 작가라고 들어보신 적 있으세요?"

"그야 당연하지. 요즘 방송가에서 아주 핫한 친구잖나. 예능 쪽에서 섭외하려고 온갖 힘을 쓰고 있는 모양이던데 잘 안 되는 모양이야."

"그 이우민 잡아오면 폐지 안 하는 건가요?"

이번에는 이 PD가 마른침을 삼켰다. 현재 방송가의 대어 '이우민'이라니. 순간 거짓말이라는 생각부터 들었다.

"예능이나 보도 쪽에서 인기 스타의 몇 배가 되는 출연료를 제안했어도 안 하겠다고 했는데 우리가 무슨 수로? 소문으로 종편에서는 억대를 제시했다는 이야기가 있어."

"그러니까 그 이우민을 제가 잡아오겠다고요."

송민영이 자신감 가득한 목소리로 말했다. 심혈을 기울인 구성안이다. 무조건 연락이 온다고 생각했다. 반대의 경우는 떠올리지도 않았다.

만약 그렇다면… 이쪽 일을 이제 다시는 하지 않겠다는 다짐마저 한 상태였다.

"정말 그렇게만 된다면… 폐지가 안 될 수도 있겠지. 혹시 송 작가 너무 무리하는 거 아냐? 내가 다음 프로 때 무조건 부를 테니까 그렇게까지 안 해도 돼."

이 PD의 염려가 어떤 것인지 송민영은 단숨에 깨달았다. 젊은 여자 작가가 혈기왕성한 20대의 젊은 남성을 섭외한다.

이제는 흔치 않은 일이지만 그렇다고 완전히 사라졌다고 할 수도 없었다.

"그런 거 아닙니다. 그리고 섭외될 거예요. 곧 연락 올 겁니다."

커피를 마시고 프로그램 회의실로 올라가니 문에 붙어 있는 안내판이 바뀌어 있었다.

〈가제: 욜로 라이프 프로 기획 팀〉

그전에 붙어 있던 '그 사람이 보고 싶다'라는 표지는 떨어져 바닥에 나뒹굴고 있었다. 이 PD가 씁쓸하게 웃었다.

마침 문을 열고 나오던 정재홍 PD가 송민영을 보곤 말했다.

"어, 송 작가, 이거 오랜만이야. 아직 방송국에 있었네."

비아냥거리는 말투를 들으니 예전의 악연이 떠올랐다. 자신이 '그 사람이 보고 싶다'를 시작하게 된 원인이자 방송국에서 흔치 않은 일을 요구했던 PD.

'개자식.'

그 일을 폭로하고, 작가 협회에 고발까지 했지만 달라지는 건 없었다.

정권의 실세와 연결되어 있다는 뜬소문이 사실인지 자신은 일자리를 구하지 못하고, 정재홍 PD는 승승장구했다.

겨우 잡은 일이 '그 사람이 보고 싶다'의 구성 작가. 그것도 이 PD가 강력하게 추천해 줘서 가능한 일이었다.

"혹시 일 필요하면 말해. 그래도 옛정이 있는데 내가 가만이야 있겠어?"

하는 말 하나하나가 그렇게 거슬릴 수가 없었다. 옆에 서 있던 이 PD가 조용히 송민영의 팔을 잡아당겼다.

드르륵.

순간 송민영의 핸드폰이 울렸다. 모르는 번호였으나 여자의 직감이 말해주고 있었다.

이우민 작가.

송민영이 재빨리 전화를 받았다.

ㅡ송 작가님, 저 이우민입니다.

됐다!

애초에 하지 않을 거라면 자신이 직접 연락할 필요도 없다. 거절처럼 곤란한 일은 에이전트인 손석민을 통해서 해도 될 것이다.

자신이 직접 전화했다는 말은.

―구성안을 봤는데 100% 마음에 들지는 않지만, 꽤나 고심의 흔적들이 보이더군요.

약간 얄밉기는 했지만 그보다는 앞으로 나올 뒷말에 대한 기쁨이 더 컸다.

―제가 수정한 구성안을 보냈는데 확인해 보시고 그대로 진행 가능하시면 연락 주세요. 그리고 얘기드렸던 저희 쪽 작가 그룹에 참여 가능하신지도 함께요.

송민영은 생각해 볼 것도 없다는 듯 바로 답했다. 정재홍에게 들으라는 듯 큰 소리로 말했다.

"감사합니다. 이우민 작가님! 저희 프로에 출연해 주신다니 정말 감사합니다. 추후 촬영 일정 논의를 위해서 한번 만나고 싶은데 언제쯤이 괜찮을까요?"

―일단 구성안을 한번 보시고…….

송민영이 정재홍을 보고 한층 진해진 미소를 선보이며 말했다.

"무조건 가능합니다. 말씀하신 대로 다 진행하겠습니다."

―그렇다면야 뭐…….

전화를 끊은 송민영이 도도하게 말했다.

"피디님, 섭외했습니다. 폐지 보류해 달라고 국장님께 말씀드려 주세요. 그리고 정재홍 PD님, 회의실은 다시 비워주셔야겠는데요?"

두 남자는 아직 현실을 받아들이지 못하고, 얼떨떨해하며 자리를 지키고 서 있었다.

*　　　*　　　*

우민은 송민영과의 약속으로 오랜만에 방송국을 찾았다. 어린 시절 드라마를 쓸 때 와보고, 처음이었다.

방송국 건물 정면에 붙어 있는 현수막에 서성모가 출연하는 드라마가 대문짝만 하게 붙어 있었다.

"성모 형, 많이 컸네."

호랑이도 제 말 하면 온다더니, 잠시 현수막을 보던 우민이 방송국으로 들어서던 서성모와 딱 눈이 마주쳤다.

"어, 요새 자주 만나네. 방송국에는 무슨 일이야?"

막 방송국 입구로 들어오던 서성모가 우민에게 말을 걸었다. 옆에 있던 동료 여자 연기자도 우민을 보곤 인사했다.

"안녕하세요."

"아, 네. 안녕하세요."

잘생긴 외모 때문일까. 여자 연기자가 우민에게 한마디 더 말을 붙였다.

"성모 오빠 친구? 확실히 오빠 친구분이라 그런지 잘생기셨네요."

우민이 쓴웃음을 지어 보였다. 굳이 대답하지 않고 서성모에게 물었다.

"요즘 형, 잘나가나 봐? 옛날에는 약간… 별로였던 것 같은데."

발끈한 서성모가 바로 열을 올렸다.

"예, 옛날에도 잘나갔지. 무슨 말을 하는 거야."

당황해하는 서성모의 반응이 재밌었던 우민이 웃음을 터뜨리며 말했다.

"하하, 그래? 이거 오랜만에 신 PD님 잘 계신지 연락 한번 해봐야 하나."

자신의 말이 무시당했다고 생각한 여자 배우가 샐쭉하게 서 있는 사이 송민영이 그들에게 다가왔다.

"아, 이 작가님. 여깁니다."

"성모 형, 그럼 다음에 또 보자고."

우민이 송민영과 사라지고 여자 배우가 서성모에게 물었다.

"꽤나 친해 보이네, 작가?"

"어, 이우민이라고. 너도 혹시 알려나."

"아!"

유민아를 할리우드 톱스타로 만든 드라마 작가, 미국에서 자유 훈장을 수여받고 잠적, 얼마 전 한국으로 돌아와 방송가에서 억대의 출연료를 주고서라도 섭외하고자 하는 유명 인사.

어쩐지 많이 본 얼굴이라 생각했다.

"그, 그 사람이랑 친했었어?"

"너도 알지. 나 아역 때 달동네 아이들 찍은 거. 그때 만났지 뭐."

여자 배우는 떡 벌어진 입을 다물지 못했다. 교육 방송에서 역대급 시청률을 찍은 그 드라마도 저 사람이 썼던 거였나.

"이럴 줄 알았으면… 좀 더 말 걸어보는 건데……."

떠나간 버스에 대한 아쉬움이 한층 커져갔다.

*　　　　*　　　　*

최근 드라마를 종영하고 집에서 쉬고 있던 신준호 피디는 맥주 한 캔을 들고 TV 앞에 앉았다.

"어, 저 녀석 방송 출연은 안 하다고 하더니……."

익숙하지만 어딘가 많이 성장한 얼굴이 TV에 나오고 있었다.

―그 사람이 보고 싶다. 이우민 편.

"어릴 때 싹이 보이더니만 잘생겨졌어."

외모만으로도 눈길을 사로잡기에 충분했다. 어린 시절의 천재적인 글솜씨가 한층 발전해 미국에서 출판한 책이 베스트셀러가 되었다.

그 책을 원작으로 방송한 드라마도 넷링크에서 인기를 끌었다. 신준호는 하나도 빼지 않고 챙겨 보았다.

"최근에 한국으로 와서 또 책을 냈다고 들었는데……."

어렴풋이 기억이 났다. 신준호는 습관적으로 핸드폰을 열어서 검색해 보았다.

〈이우민. 판타월드에서 '떨어진 달' 연재 시작〉
〈판타월드 기대작. '떨어진 달'〉

등등의 몇 가지 뉴스가 보였다.

"판타지라……."

태어나서 처음으로 판타월드라는 곳에 접속해 보았다. 근래 웹소설을 원작으로 하는 드라마가 방송가의 트렌드 중 하나였다.

접속하여 글을 읽어 내려가던 신준호가 흥미가 생기는지 본격적으로 소파에 누워 자세를 잡았다.

그때 띠띠띠, 도어락의 비번을 누르는 소리가 들리더니 우렁찬 아이의 목소리가 들려왔다.

"아빠!"

도도도도 뛰어온 아이가 단숨에 신준호의 품으로 안겼다.

"아빠! 아빠빠!"

"그, 그래."

신준호가 들고 있던 핸드폰을 내려놓았다. 아무래도 오늘은 날이 아닌 것 같았다.

*　　　　　*　　　　　*

1. 이우민.

2. 그 사람이 보고 싶다.

3. 이우민 작가.

4. 이우민 출판.

5. 자유 훈장.

방송이 나가고 실검 1위를 장식했다. 인터넷 세상이 우민의 이야기로 떠들썩할 때 판타월드의 베스트란도 우민의 작품이 차지하고 있었다.

이미 예전에 완결했던 작품인 '재벌 작가'도 이북 구매 베스트란에서 역주행을 하며 1위를 차지. 가히 우민 천하였다.

그러나 이문철은 그 사실을 믿기 싫었다.

"저런 쓰레기 같은 글이 1등이라니 판타월드 독자들 수준을 알 만하구먼."

자신이 이곳에서 현재 유료 베스트 1위를 하고 있다는 사실은 잊었는지 그저 깎아내리기에 바빴다.

"독자들이 작품을 보는 눈이 없으니까. 이런 작품이 1등을 하고 있지. 어휴, 답답하다. 답답해."

그래도 현실 인식은 정확하게 하고 있었다. 이대로 가만히 있다가 우민이 유료 전환을 한다면 자신의 순위는 분명 2등으로 내려앉을 것이다.

현재 N포털에서도, K포털에서도 1등을 유지하고 있었다. 결코 그 자리를 다른 이에게 주고 싶지 않았다.

특히나 '이우민'.

생각만으로도 이가 갈리는 그 녀석에게는 죽기보다 싫었다.

이문철은 핸드폰에 저장된 '배성균'이라는 이름에게 전화를 걸었다.

"배 사장님."

─하하, 제가 먼저 연락을 드렸어야 했는데. 우리 출판사 최고 매출 작가님께서 연락이 오게 만들고 죄송합니다.

낯간지러운 말에도 전혀 부끄러워하는 기색이 없었다. 오히려 내심 만족했는지 낮고 묵직하던 목소리는 살짝 풀어져 있었다.

"근래 마케팅이 부족한 거 아닌가 하는 생각이 많이 들어서요. 1위면 1위다운 대접을 해주셔야 저도 좋고, 사장님도 좋은 거 아니겠습니까."

배성균은 욕이 나오려는 걸 겨우 참았다. 3대 웹소설 사이트 메인 배너에 수많은 각종 이벤트까지 쏟아부었다. 회사 내에서 매출은 1등을 유지하고 있지만 정작 출판사에 남는 수익은 1등은 아니었다.

빛 좋은 개살구.

딱 그 꼴이었다.

―하하, 그러셨군요. 제가 크게 하나 또 준비하고 있으니까 너무 걱정 마시기 바랍니다. 아마 작가님께서도 흡족해하실 겁니다.

"그래요. 특히나 떨어진 달? 이게 눈에 거슬려요. 감히 저를 제치고 1등을 하려고 하다니. 내 참 어이가 없어서."

―물론입니다. 그런 작품이 어찌 1등을 할 수 있겠습니까. 다 거품입니다. 거품이 걷어지면 조회 수도 정상을 찾아갈 겁니다.

"잘 좀 해주세요. 잘 좀."

이문철이 그 말을 끝으로 전화를 끊었다. 배성균은 전화를 끊자마자 핸드폰에 대고 한바탕 욕지거리를 퍼부었다.

배성균.

이우철과 계약 후 천마강림을 히트시키고, 근래 장르 시장에 유입되는 신인 작가들을 빨아들이고 있는 B&C 출판사의 대표로 과거 알파 출판사에서 최경락과 함께 퇴사한 팀장이 바로 그였다.

일요일 오후. 한강변에 차를 주차시킨 배성균이 주변을 두리번거리며 누군가를 기다렸다.

똑똑.

이내 차 문을 노크하는 소리에 배성균이 문을 열었다. 문을 열고 들어온 사람은 20대 후반쯤 되어 보이는 젊은 남자였다.

"여기. 맞는지 바로 세어봐요."

들어온 남자는 익숙하게 봉투를 받아 들고 돈을 꺼내 들었다. 오만 원짜리 지폐 20장.

"맞네요."

"같이 들어 있는 파란색 이름 사용자는 조회 수를 올려주고, 빨간색은 떨어뜨려 주면 됩니다."

한두 번 거래한 솜씨가 아니었다. 젊은 남자는 알았다며 고개를 끄덕이곤 빠르게 차를 벗어났다. 그러자 어디선가 카메라를 목에 건 최경락이 나타났다.

"다 찍었습니다."

"잘했어. 항상 보험은 단단히 들어놔야지."

"조회 수 고치는 게 이렇게 효과가 좋을지는 몰랐네요. 정말 사장님 아이디어는 도무지 따라가기가 힘듭니다."

"하하, 사장님은 무슨. 이제는 같이 동업하는 사이 아닌가."

B&C.

배성균과 최경락의 첫 글자를 딴 회사의 이름이었다.

"그나저나 이우철 이 새끼한테 또 연락이 왔어. '떨어진 달'이 무서운 기세로 치고 올라오니까 쫄린가 봐."

"그 작가는 뭐가 그렇게 요구 사항이 많답니까. 이런 식이면 이번 작품만 하고 차기작은 받지 말아야 하는 거 아닐까요?"

"이문철이라는 거까지 알고 계약해 줬더니 아주 지가 뭐 대단한 거라도 되는 줄 알고 말이야. 솔직히 말해서 세계적으로 베스트셀러를 출판한 '이우민' 작가한테 쨉이나 되냐?"

"요구 사항을 안 들어줬다가는 또 해지하겠다고 난리 법석을 떨 텐데 어쩌죠?"

"그래서 이번에는 다른 놈한테도 돈 좀 찔러 넣었다."

"다른 놈이요?"

"판타월드에서 전산 장애 일어난 게 지금까지 몇 번이었지?"

손가락을 접어가며 숫자를 세어가던 최경락이 고개를 갸웃거렸다.

"꽤 많았던 것 같은데요."

"그래. 꽤나 많았지. 그러니까 한 번 더 일어난다고 해서 별 차이 없다 이 말이야. 그리고 그사이에 무슨 일이 벌어져도 이상하지 않지."

"아……."

"결제된 작품이 안 보이거나, 결제 금액이 달라지는 사고도 발생하는데 조회 수가 떨어지거나 순위가 뒤바뀌는 것쯤이야."

말을 하던 배성균이 씩 웃어 보였다.

이우민. 손석민이 사장으로 있는 출판사의 대표 작가.

꼭 이문철의 말 때문이 아니더라도 감정이 좋질 않았다. 바닥으로 추락하는 꼴이 보고 싶었다.

*   *   *

소속 작가들의 성적을 확인하기 위해 수시로 웹소설 사이트를 살펴보는 손석민이 의아해하며 화면을 리프레시시켰다.

그래도 순위는 여전히 그대로였다.

"50위라고? 조회 수도 겨우 1,319이라니. 이게 무슨 말도 안 되는 일이야."

뭔가 이상이 생긴 게 분명했다. 바로 전 화의 '떨어진 달' 조회 수가 71,311이다. 올리자마자 오 분 내로 조회 수가 만 이상이 올라가는 작품이었다. 더구나 오늘은 '그 사람이 보고 싶다' 방송으로 우민의 이름이 실검 1등을 장식한 날 아닌가.

손석민은 잠시 숨을 고르고 베스트란이 새롭게 올라오는 15분을 기다려 보았다.

15분 뒤.

다른 작품들의 조회 수는 바뀌었지만 우민의 작품만은 그대로였다.

"뭐야, 이게."

손석민은 바로 핸드폰에 등록되어 있는 판타월드 편집 팀 관계자에게 전화를 걸었다.

―죄송합니다. 확인해 보겠습니다.

담당자가 확인해 보겠다고 답변을 한 뒤에 손석민은 다른 업무를 진행했다. 그렇게 몇 시간 뒤에 다시 확인해 보았지만 상태는 그대로였다.

"일을 도대체 어떻게 하는 거야."

같은 시각.

우민은 가로수길 근처의 한 단독 주택 앞에 서 있었다.

"이 정도면 정말 싸게 나온 매물입니다. 3종 주거 지역이라 용적률도 좋아서 매매하신 다음에 빌딩 하나 올리시면 2% 은행 이자에 비하면 몇 배의 수익을 올리실 수 있을 겁니다."

대지 면적 80평, 지하 1층에 지상 2층짜리 단독주택의 가격은 35억.

이건 제대로 성사시키면 단숨에 몇천만 원을 수수료로 챙길 수 있는 부동산 업자는 필사적으로 우민을 설득했다.

"하하, 어차피 사무실로 쓸 거라 이자 수익은 상관없습니다. 지하철에서 가깝고, 주변 환경이 조용하고 또… 한강과 가까우면 됩니다. 물론 가격은 상관없습니다."

주택 주변을 살피던 우민이 웃으며 답했다. 앞으로 자신이 만들 작가 그룹이 모일 아지트가 필요해 부동산을 찾은 참이었다.

"그러시면 좋은 물건이 하나 있습니다. 여기 바로 근처에 있는데… 가격이 40억이 넘어가는데 정말 괜찮으시겠습니까?"

부동산 업자는 우민의 어려 보이는 외모가 걱정이 되는지 다시 물었다.

"물론입니다. 거기로 가시죠."

가로수길 끝 쪽에서 압구정 쪽으로 조금 걸어가면 나왔다. 핸드폰을 통해 한강 쪽 거리를 보니 걸어서 10분이 채 걸리지 않았다.

압구정역까지도 겨우 10분. 위치로는 최고였다. 90년대 초에 지어져 내부 인테리어가 마음에 들지 않긴 했지만 어차피 인테리어는 다시 할 생각이었다.

대로변과 조금 떨어져 있어 주변은 조용했고, 2층에서 보이는 경관도 그리 나쁘지 않았다.

"여기 현 시세가… 45억인데 제가 잘 말하면 42억까지 가능할 것 같습니다."

자신이 매매한 집과의 거리도 가깝다는 점이 더욱 마음에 들었다. 우민은 바로 계약서에 사인을 마쳤다.

*　　　　*　　　　*

사무실로 돌아와 보니 손석민이 성난 기세로 누군가와 통화를 하고 있었다. 그러고는 쾅 소리가 나도록 수화기를 내려놓았다.

'저렇게 화를 내시는 분이 아닌데……'

두 손을 책상 위에 얹고 씩씩거리며 숨을 고르던 손석민이 우민과 눈이 마주쳤다.

"우민아, 오늘 혹시 판타월드 접속한 적 있어?"

"아니요. 오늘은 좀 바빠서 접속 안 해봤는데 왜요? 무슨 일 있어요?"

"전산 장애가 나서 네 순위가 오늘 하루 종일 50위권에 있었다."

우민이 대수롭지 않게 답했다.

"어차피 뭐, 다시 1등 될 건데요."

"다른 작가들 작품은 제대로 집계가 되는데 너를 비롯해서 몇몇 작가들 작품 순위만 문제가 생겼어. 더구나 우리 출판사 작가들 대다수가 거기에 속해 있었고."

우민은 단숨에 손석민이 하고자 하는 말의 의도를 알아들 었다.

"그러면 뭘 고민하세요. 다 계약 파기하세요."

"…응?"

"그쪽에 걸려 있는 계약 전부 파기하고, 만약 동의하지 않 는 작가들은 판권을 다른 출판사에 넘겨주자고요."

극단적인 처방에 화가 나 있던 손석민이 오히려 당황했다.

"그리고 제가 말씀드렸던 사이트 론칭 시기도 더 빨리하면 되 겠네요. 그렇지 않아도 실검에 제 이름이 오르내릴 때 론칭 기 념 공모전부터 시작해요. 상금은 두 배로 올리는 게 좋겠네요."

"우, 우민아. 그, 그러면 1등 상금만 10억인데……."

1등 상금 10억.

손석민이 조용히 내뱉은 말에 근처에서 일하던 직원들이 눈을 반짝였다.

제4장

창조된 세계 II

1등 상금만 10억.

총 상금 15억.

우민과 손석민이 기획하고 있는 웹소설 사이트 론칭 기념 공모전의 상금 액수였다.

"액수가 커야 더 많은 사람들이 모일 테니까요."

주변의 직원들이 수군거렸다.

"대박, 1등 상금이 10억?"

"헐, 나도 이번 기회에 소설이나 한번 써볼까."

"야, 너 준비하고 있는 작품 있다고 하지 않았어? 이 기회에 한번 내봐."

"오늘부터 나 찾지 마라, 소설 쓰러 가니까."

수군거리던 직원 중 한 명이 무의식적으로 중얼거렸다.

"정말이라면 백만장자가 되는 건가……."

백만장자.

누구나 꿈꾸지만 누구나 될 수 없는 것. 더욱이 출판 시장이 최악의 불황을 겪고 있는 현시점에서 공모전에 15억이라는 상금을 거는 곳은 없었다.

"우민아, 물론 액수가 커야 되겠지만 그러면 너무 부담이 커지지 않겠어? 네가 받은 인세가……."

인세는 사적인 영역. 손석민이 거기까지 말하고 입을 닫았다. 지금까지 우민의 통장에 들어 있는 돈은 세금을 내고 130억 정도로 예상됐다.

집도 사고, 사이트를 만들고 공모전 상금까지 내걸면서 아마 액수는 빠르게 줄어들었을 것이다.

"괜찮아요. 쓸려고 번 돈인데 쓸 땐 확실하게 쓰고 싶어요."

손석민이 알았다며 고개를 끄덕였다.

"알았다. 그러면 사이트 론칭일을 좀 더 앞당기자. 판타월드에서 작품을 빼는 건 조금 뒤에 해도 되니까."

"물론, 제 작품 조회 수가 정점에 올랐을 때 빼야죠. 그래야 그런 장난질이 불러올 파급효과가 얼마나 큰지 뼈저리게 느낄 테니까요."

입꼬리가 올라간 것이 웃고 있는 게 맞았지만 그 속에 담긴 음습한 기운을 느낀 것일까, 손석민은 살짝 몸을 떨었다.

*   *   *

M방송에서 시청률 조사를 하면 항상 밑에서 우위를 다투곤 했다. 가끔 애국가 시청률과 비교되는 수모를 겪기도 했다.

그러나 첫 방이 단숨에 5%.

교양 방송 중에서는 수위권을 차지했다.

"하하하, 이렇게 섭외력이 좋은 작가를 어디서 만났나."

국장까지 나서서 칭찬을 아끼지 않았다. 송민영은 그저 똥 씹은 얼굴로 자리를 지켰다.

"이런 인재를 중용하고 있었다니 이 PD가 예전부터 사람 보는 눈이 있었지."

지금까지 '그 사람이 보고 싶다' 방송을 하며 한 번도 만나 본 적이 없는 교양국장이다. 자신을 PD와 같이 회의실로 불렀다는 게 고깝게만 느껴졌다.

"총 4회 분량이라고?"

"맞습니다. 기존 2회 분량에서 2배를 늘린 겁니다."

"이참에 8회쯤 해보는 건 어때? 아니지, 아니야. 아예 새로운 프로에 함께 참여시켜 보는 건 어때?"

역시나 본론은 따로 있었다. 송민영은 저 국장이 며칠 전까지만 해도 방송 폐지를 통보했던 사람이 맞나 긴가민가할 정도였다.

"아… 그게 섭외 자체가 겨우 된 거라… 할지 모르겠습니다."

말을 하던 피디의 시선이 송민영을 향했다. 피디를 보고 있던 국장도 송민영을 바라보았다.

"아마 안 할 겁니다."

이제 이곳에 별 미련은 없었다. 우민이 제안한 작가 그룹에 대한 자세한 이야기를 들었기 때문이다.

미국식 집단 작가 그룹.

드라마를 만드는 데 쓰였던 기법을 책에 적용하고자 했다. 뭐, 아무래도 상관없었다.

우민은 작가들의 우상. 똥으로 메주를 쑨다 해도 믿을 지경이었다.

그런 마음을 모르는 국장이 송민영을 닦달했다.

"그러니까, 자네가 가서 한 번 더 설득해 보면 안 되겠나?"

송민영은 우민이 해주었던 말을 기억해 냈다.

"출연료로 5억을 준다면 생각해 보겠다고 했습니다."

순간 국장실에 침묵이 찾아왔다.

5억이 이웃집 개 이름도 아니고 어찌 저렇게 쉽게 부른단 말인가. 이건 하지 않겠다는 말이나 마찬가지였다.

"어, 어떻게 방법이 없겠나? '그 사람이 보고 싶다'에도 출연해 줬는데……."

송민영은 쩔쩔매는 국장을 보며 웃음이 새어나오려는 걸 겨우 참았다.

항상 '을'의 입장이었다. 해보니 확실히 '갑'이 좋다.

"안 된다고 했었습니다. 그래도 한번 말을 해볼게요."

"그, 그래주게나."

회의는 그걸로 끝이었다.

*　　　　*　　　　*

손석민에게 오는 연락은 방송 출연 섭외만이 아니었다. 미국 대통령에게 받은 자유 훈장의 명예로움은 기업에서도 필요한 것이었다.

"10억입니다."

한국에서도 톱스타만이 받은 광고료를 손석민은 당연하다는 듯 요구했다.

그러나 기업 담당자가 난색을 표했는지 전화를 끊었다. 손석민이 앞에 앉아 있는 우민을 원망스럽게 바라보았다.

"우민아… 3억이다. 하루 촬영해 주면 3억이야. 그런데도 안 하겠다는 거야?"

"10억 그 밑으로는 안 합니다."

"그, 그럼 행사나 강연은? 한 번 와서 강연해 주면 3천만 원 정도 준다는 데가 지금 수두룩하다. 그걸 다 거절하겠다는 거야?"

"네."

태연한 우민의 대답에 손석민은 속이 탔다. 지금껏 도착한 요청을 거절함으로써 수십억을 날렸다.

"여기는 할리우드가 아니야. 네가 말한 액수를 제공해 줄 수 있는 곳은 없어."

"그럼 안 하면 됩니다. 그 시간에 글을 쓰면 더 많은 돈을 벌 수 있는데 뭐 하러 귀찮게 광고를 촬영하고 강연을 다닙니까. 아저씨도 아시잖아요. 빌 게이츠는 떨어진 돈을 줍지 않는다."

얼핏 광오하게 들릴 수도 있는 말이었다. 그러나 우민이 하자 수긍이 되었다.

"그, 그야 물론 그렇지만 아깝잖아. 그 돈이면 공모전 상금으로도 충분하고, 사이트 오픈까지 개발비로 사용해도 되는데……."

손석민은 여전히 아쉬움을 버리지 못했는지 말끝을 흐렸다.

"앞으로 중국까지 진출하면 그 정도는 손쉽게 벌어들일 겁니다. 벌써부터 일희일비할 필요 없어요."

대화를 하던 손석민의 핸드폰이 다시 또 울렸다. 광고를 찍고 싶다는 말에 손석민이 반쯤 포기한 목소리로 약속된 단가인 10억을 말했다.

—맞춰 드리겠습니다.

"네?"

—자세한 건 만나서 이야기하도록 하죠.

그제야 손석민의 머릿속으로 방금 전 전화가 온 곳이 어딘지 기억났다.

"S전자인데 10억에 맞춰주겠다는데?"

"그 정도 규모면 10억이야 우습겠죠. 더욱이 저는 미국에서 자유 훈장까지 받은 유명 인물에 수권의 베스트셀러까지 보유하고 있으니 글로벌 기업에서 그 정도 대우는 당연한 거죠."

"너 이걸 기다리고 있었던 거냐?"

우민은 어깨를 으쓱해 보일 뿐이었다.

*   *   *

10%.

'그 사람이 보고 싶다' 2화가 끝났을 때 시청률이었다. 매화

마다 2배가 넘는 상승세를 보이며 인기를 끌었다.

　방송의 인기는 우민의 인기로 이어졌고, 이는 곧 판타월드의 접속자 수 증가로 연결되었다.

　판타월드 소속 편집자 김수철은 다시금 우민의 힘을 느끼는 중이었다.

　"접속자가 또 늘어나고 있잖아……."

　자고 일어나면 사이트 접속자가 늘어나 있었다. 모두 우민이 이곳에서 연재하는 판타지 소설을 보기 위함이었다.

　"처음 연재했을 때와 똑같은 상황이 펼쳐지다니……."

　가히 인기 작가의 위엄을 확인할 수 있는 상황이었다. 상황이 이럼에도 얼마 전 전산 장애로 우민의 순위가 제대로 반영되지 않는 것이 못내 마음에 걸렸다.

　이 정도의 파급력 있는 작가를 홀대하다니, 자칫 다른 플랫폼으로 떠나가지나 않을까 걱정까지 되었다.

　"그러지 않기만을 바라야지 뭐."

　어차피 팀장은 자신이 아니다. 작가를 잡고 말고 할 힘이 없었다. 김수철은 회사 일에 대한 고민은 마치고 TV를 켜보았다.

　근래 연일 화제가 되고 있는 '그 사람이 보고 싶다' 이우민 편 제3화였다.

시청률 15%.

종편이 시작되고 나서, 지상파 방송에서도 보기 힘든 수치였다. 그러자 우민에 대한 구애는 한층 강해졌고, 국장은 송민영을 압박했다. 그러나 이미 마음이 떠난 송민영은 우민과 함께 가로수길 근처 주택에 와 있었다.

"앞으로 이곳에서 일하게 될 겁니다. 저와 같이 글을 쓰게 되는 거죠."

인테리어 공사는 마무리에 들어가 있었다. 60평이 넘는 주택에는 작은 정원까지 마련되어 있었다.

"잘 팔리는 글을 쓸 겁니다. 우리는 그룹이 되어 서로의 글을 보완해 주고, 함께 아이디어를 모아 책을 낼 겁니다. 꼭 책의 형태가 아니어도 됩니다. 극본, 방송 기획안 등등 이른바 콘텐츠가 필요한 일에 '민 크리에이티브' 여러분들이 투입될 겁니다."

자리에는 송민영만 있는 건 아니었다. 한창 장르 소설에 열중하고 있는 함수호도 함께였다.

그렇게 총 3명.

"지금은 3명이지만 차츰 사람을 모아 규모를 키울 겁니다. 한국뿐만 아니라, 미국, 중국, 유럽 등 다양한 시장에 진출할 거고요."

이미 이곳에 오기 전 들었던 이야기들이다. 송민영은 그때부터 간직하고 있던 한 가지 의문점을 물어보았다.

"왜 이런 번거로운 일을 하시는 거예요? 작가님 정도면 혼자서 글을 쓰시고 책을 내서도 엄청난 수입이 보장될 텐데……."

"말씀하신 대로예요. 지금도 인세만으로 여러분이 상상하시는 것 그 이상을 벌고 있으니까요. 아마 30살이 되기 전에 전 세계에서 가장 많은 책을 판 작가가 되지 않을까 추측하고 있습니다."

오만하기 그지없는 말.

그런 말을 담담하게 해도 신기하게 거부감이 들지 않았다.

"그럼에도 군이 작가 그룹이라는 걸 만들어서 번거롭게 하는 이유는 노벨 문학상을 받기 위해서라고 해두죠."

송민영은 가장 먼저 기자회견을 떠올랐다. 어린 시절 이우민 작가가 했던 기자회견.

함수호도 같은 생각을 하는지 둘의 눈이 마주쳤다.

"그 상은 작품이 아니라 작가에게 주어지는 상. 여러 사회활동과 업적이 필요합니다. 한 번 말을 내뱉었으니 지켜야 하지 않겠어요?"

우민의 설명은 그걸로 끝이었다.

*　　　　*　　　　*

판타월드 담당자는 한마디로 날벼락을 맞았다.

"아니, 사장님. 지금 들어와 있는 작품들 계약을 전부 취소하겠다니요. 갑자기 이러시면 어떻게 합니까."

"여기 계약서에도 쓰여 있잖아요. 귀책사유가 상대방에게 있을 시 계약을 파기할 수 있다."

"지난번 있었던 전산 장애 때문이라면 저희가 완벽하게 조사해서 조치하도록 하겠습니다. 한 번만, 이번 한 번만 믿어주세요."

손석민의 계약 파기 요구에 판타월드 담당자가 어쩔 줄을 몰라 했다. 우민의 가르침 덕분인지 W 출판사에서 연재하는 작품들이 최상위권에 다수 포진하고 있는 상태였다.

이대로 계약을 파기하고 떠나면 당장 사이트의 전체 매출에도 영향을 끼칠 수 있었다. 담당자의 만류에도 손석민은 냉정했다.

"이미 버스는 떠났습니다."

손석민이 자리에서 일어나자, 더 이상 말릴 수 없다고 생각했는지 판타월드 담당자의 태도가 돌변했다.

"웹소설 사이트를 론칭한다더니 그것 때문에 이렇게까지 하시는 겁니까?"

"하하, 참 네."

조소를 흘린 손석민이 말을 이었다.

"판타월드에서 연재를 계속하고 싶은 작가들에게는 남아 있어도 된다 했습니다. 그랬더니 하나같이 상관없다고 하더군요. 최근 사이트에서 벌어지는 일들이 마음에 안 들었던 모양입니다."

"뭐, 이런……."

"어설프게 해서는 독자도, 작가도 잡지 못할 겁니다. 저희가 하는 걸 잘 보세요."

으름장을 놓은 손석민이 자리에서 일어났다. 담당자의 표정은 한껏 일그러졌지만 반박할 말을 찾지 못했다.

*   *   *

20%.

시청률 표를 받아 든 송민영은 믿기지가 않는지 두 눈을 몇 번이고 깜박였다.

하지만 A4 용지에 쓰여 있는 숫자는 변함이 없었다.

"정말 20%를 찍었어……."

방송이 다변화되면서 인기 예능 프로도 찍기 힘든 수치였다. 20%면 M방송국에서 방송되는 프로들 중에서도 1, 2위를 다투는 수치였다.

그리고 자신의 선택이 옳았다는 것이 한 번 더 확인되는 순간이었다.

시청률 표를 받아 든 송민영은 바로 담당 피디에게 향했다.

"오늘부로 그만두려고요."

이 PD는 이미 눈치채고 있었는지 굳이 말리지 않았다.

"전에 말했던 작가 그룹 거기로 간다는 말이지?"

"네. 정확히는 '민 크리에이티브'입니다."

유치해 보이는 이름.

우민은 기억에 잘 남는다는 이유로 굳이 저 이름을 고집했다.

"마지막까지 고생 많았어. 송 작가 실력이면 어디 가도 잘할 거야."

"이 PD님도 더 이상 이런 곳에 계시지 말고, 종편으로 옮기세요. 여기에서 썩기에는 능력이 아까우세요."

시청률이 잘 나온 건 우민이 잘난 덕분도 있지만 PD가 그만큼 그림을 잘 담았기 때문이기도 했다.

우민의 얼굴이 더욱 잘생기게 나올 수 있는 각도, 시청자들의 마음을 흔드는 멘트들을 잘 짜깁기했다.

모두 이 PD 덕분이었다.

"하하, 말이라도 고마워."

"정 PD 같은 쓰레기가 아니라 피디님 같은 분이 잘돼야 하는데……."

송민영은 진심으로 아쉬웠다. 자신은 비록 떠나지만 이 PD 같은 능력 있는 연출가가 이곳에서 썩는 것이 아까웠다.

"하하, 나중에 자리 있으면 잊지 말고 연락 달라고."

"저야말로 잘 부탁드립니다."

인사를 마친 송민영이 방송국을 나섰다. 유종의 미를 거뒀기 때문일까.

시원섭섭하다는 마음보다는 앞으로 미래에 대한 기대감만이 가득했다.

*   *   *

'그 사람이 보고 싶다' 마지막 편 엔딩 장면에 우민이 만들고 있는 사이트 주소가 소개되었다.

1등 상금 10억.

일반인도 눈이 돌아갈 만한 액수였다. 기성 작가인 함수호도 사이트에 접속해 보고는 몇 번이고 공모전 상세 요강을 읽어보았다.

"참가 자격에 제한이 없고, 4권 분량의 유료 연재를 통해 가장 많은 독자 수를 확보한 작가에게 상금 10억 원을 수여한다."

듣도 보도 못한 전문가라는 사람들이 심사하여 작품을 선정하는 과정이 없었다.

아주 간단한 방법.

수많은 사람들이 돈을 내고 작품을 보게 만들면 된다. 그러면 10억을 받을 수 있다.

"단, 상금 수여 전 결제를 한 사람들의 결제 내역을 살펴 무작위로 확인하는 과정을 거쳐야 한다."

혹시나 상금을 노리고, 책 사재기처럼 아이디를 만들어 결제율을 높이려는 것을 막기 위한 방법이었다.

공모전 주최 측의 세심한 준비가 돋보였다.

"이거 나도 한번 나가볼까."

함수호가 구미가 당기는지 입맛을 다셨다. 10억이면 단숨에 백만장자가 될 수 있다.

공모전을 꼼꼼히 읽어 내려간 함수호가 사이트의 이모저모를 살펴보았다.

자유 게시판에서부터 작가들이 글을 올리는 공간까지. 그렇게 한창 사이트를 탐험하던 함수호가 묘한 이질감에 사로잡혔다.

"빠르다, 그리고 편해……."

지금 이 순간에도 화면을 리프레시할 때마다 수십 개의 글이 새로 올라왔다. 그런데도 전혀 느려지거나, 버벅거리는 느낌이 없었다.

수시로 전산 장애가 발생하는 판타월드와는 차원이 다른 쾌적함이었다.

그렇게 한동안 사이트를 둘러보던 함수호가 눈을 빛냈다.

"정산 비율이 9 대 1이라니······."

총 상금 15억이라는 숫자에 놀랐고, 사이트의 쾌적함에 감탄하는 중이었다.

정산 비율을 보니 존경심이 생길 정도였다.

"각 결제 수단별 수수료를 전부 공개하여, 더욱 투명하게 작가들에게 정산하겠습니다. 현재까지 최소한의 사이트 운영비가 필요하여 평균 9 대 1 정도의 정산 비율로 운영하나, 앞으로 더욱 작가들의 이익을 위해 힘쓰는 플랫폼이 되도록 하겠습니다."

함수호가 넋을 놓고 사이트 공지사항에 올라와 있는 정산 비율을 읽어 내려갔다.

"이 정도면··· 여기서 연재를 안 하는 게 바보잖아."

정산 비율 공지까지 읽은 함수호는 인터넷 창을 끄고 바로 한글 창을 켰다. 그러고는 마치 미친 사람처럼 타자를 두드려 나가기 시작했다.

같은 시각.

이문철도 우민이 론칭한 '소설닷컴'에 접속해 있었다.

"미국에서 돈 많이 벌었나 보네. 이런 데 쓸 헛돈도 있고."

가장 먼저 공모전 요강을 꼼꼼히 읽은 이문철이 한바탕 크게 웃음을 터뜨렸다.

"이거 뭐야, 완전히 나를 위한 공모전이잖아."

4권 분량을 연재하여 유료 결제 수가 가장 높은 사람에게 상금이 지급됩니다.

단, '책 사재기'와 비슷한 일이 일어나는 것을 방지하기 위해 상금 지급 전 결제 내역에 대한 한 차례 조사가 있을 예정입니다.

공모전 우승자를 결정하는 방식이었다. 어설픈 전문가를 초빙해 작품의 평가를 맡기고, 그에 따른 점수로 대상을 선출하는 방식이 아니었다.

온전히 독자들에게 맡겼다.

"재미만 있으면 된다는 거잖아."

이문철이 자신만만하게 차기작으로 선보일 작품 폴더를 클릭했다. 근래 한창 유행하고 있는 연예인물로 제목은 '아이돌 천마'.

무림의 절대자인 천마가 이 세계로 소환되어 아이돌이 되는 과정을 그린 작품이었다.

현재 1권 분량을 써놓은 상태였으니, 3권을 더 써야 했다.

"10억이라면 충분히 수라의 길을 걸을 용의가 있지."

보통 한 번에 두 가지 작품을 연재하는 것을 수라의 길을 걷는다고 표현한다.

그만큼 힘들고 고된 일이라는 뜻이다. 정신력을 많이 소모하는 글쓰기이기에 자칫 번 아웃 상태가 되어버릴 수도 있었다.

"이건 완전 로또나 마찬가지군."

이문철은 이미 공모전에서 우승이라도 한 것처럼 10억이라는 상금을 어디에 쓸지 고민하며 들뜬 마음을 감추지 못했다.

*　　　　*　　　　*

〈대한민국에 불어닥친 웹소설 태풍〉

〈불황을 넘어 죽어가는 출판 시장에 한 줄기 빛이 될 것인가〉

〈총 상금 15억. 역대급 규모의 문학상에 젊은이들 몰려〉

기자들이 연일 기사를 쏟아내며 알아서 홍보를 해주었다. 손석민은 매일 사이트 관리자 페이지에 들어갈 때마다 긴장을 감추지 못했다.

오늘은 또 사용자가 얼마나 늘었을까.

무서울 정도로 늘어나는 가입자 수에 오히려 두려울 정도 였다.

가입자 수: 812,118.

등록된 작품 수: 3,212.

일 접속자 수: 113,615.

하루에 10만 명 정도가 가입하고 있는 꼴이었다. 이 정도면 한 달 뒤에는 300만을 넘어선다.

상상도 하지 못할 정도의 숫자의 사람들이 몰려서일까, 벌 써부터 출판사 이곳저곳에서 메인 배너 광고 문의가 들어오 고 있었다.

"네 말대로… 신인 작가들 작품이 메인 배너에 노출되게 했 다."

손석민은 여전히 속이 쓰린지 아쉬움을 감추지 못했다.

"그게 더 많은 작가들을 불러올 겁니다. 겨우 몇 푼 안 되 는 배너 광고비에 일희일비할 필요 없어요."

"그래도 그걸 출판사에 팔았으면 돈이 얼만데……."

우민은 사이트에 들어가는 배너 광고를 외부에 팔지 않았 다. 대신 거기에 신인 작가들이 올리는 글이 노출되도록 했다.

새로운 작가들을 최대한 끌어모으기 위한 조치였다.

"고인 물은 썩기 마련입니다. 그 전에 새 물을 쏟아부어 맑게 만들어야죠."

"알았다, 알았어. 그건 네 말대로 할 테니까 오늘 광고주 미팅에서는 제발 조용히 지나가자. 알았지?"

"그런데 저도 꼭 가야 해요? 그냥 아저씨가 가서 대충 승낙하고 오면 될 텐데……"

"그쪽도 한두 푼 돈을 쓰는 것도 아니고, 모델을 직접 보고 싶겠지. 널 보면 광고 기획이 약간 바뀔 수도 있고."

우민이 알았다며 고개를 끄덕였다. 그러나 그런 생각은 미팅을 위해 회의실에 도착하는 순간 사라졌다.

'민아 누나가 왜 여기에……'

회의실에는 유민아가 떡하니 자리를 잡고 앉아 있었다. 우민이 바로 손석민을 바라보았다. 손석민이 조용하라며 살짝 고개를 흔들었다. 오는 내내 신신당부했던 이유를 알 것 같았다. 벌써 얼굴을 안 본 지 몇 년, 그사이 유민아는 더욱 화사해져 있었다.

인사를 하려고 손을 드는 순간 김혜은이 먼저 말을 걸어왔다.

"이게 얼마만이야. 이 녀석아, 얼굴 까먹겠다."

우민이 어색하게 웃어 보였다.

"하하, 오랜만이에요. 그냥 이곳저곳 여행을 다니다 보니 이렇게 됐네요."

"은영이 통해서 소식은 들었다. 얼마 전에 한국 왔다고?"

"네."

"요즘 뉴스에서 온통 난리더라. 한국 오자마자 대단해."

"하하, 뭐 열심히 하려고요."

"그래. 젊을 때 열심히 살아야지."

이제 50대가 넘었지만 어떻게 관리를 받았는지 피부에서 윤기가 흘렀다. 그렇게 한담을 나누다 보니 어느새 미팅이 시작되었다.

어젯밤에도 밤늦게까지 '떨어진 달' 다음 편을 쓰고, 사이트 운영 방안을 세밀하게 구상하고, 작가 그룹의 미래를 그리던 우민은 저도 모르게 고개를 꾸벅이며 졸고 있었다.

간혹 손석민이 팔꿈치로 툭툭 쳤지만 소용이 없었다. 회의를 주관하던 광고주가 물었다.

"작가님이 많이 피곤하신가 봅니다."

"하하하하, 근래 일이 많다 보니 이렇게 정신을 못 차릴 때가 많습니다."

잠시 잠에서 깨어난 우민이 혼잣말로 중얼거렸다.

"그냥 지루해서 잠이 온 건데."

순간 회의실에 냉기가 불어닥쳤다.

우민의 말대로 내용은 별게 없었다.

작가인 우민이 핸드폰을 들고 전화를 한다. 때로는 아이디어를 저장하기 위해 음성 인식을 사용한다. 그러다 바로 글을 쓰기도 한다. 이렇게 다양한 방법으로 핸드폰을 사용하는 모습을 보여준다. 그게 끝이었다.

"하하, 작가님이라 그렇게 느끼실 수도 있겠네요."

손석민이 식은땀까지 흘려가며 변명했다.

"이 친구가 아직 광고는 잘 몰라서요. 하하."

"저야 모델료만 잘 받으면 상관없지만, 그래도 10억이나 받는데 이상한 점은 말해줘야죠."

우민의 명성 덕분일까. 광고주는 최대한 조심스럽게 말을 이었다.

"그렇게 보일 수 있는 요소도 있지만 광고란 상품을 알리는 일이 목적입니다. 이렇게 단순히 사용 방법을 나열하여 소비자들에게 보여주는 것이 가장 효과적일 수 있다는 말이지요."

"설명을 듣고 아! 나한테 필요한 기능이구나, 사야겠다! 이런 마음이 들게 한다는 말인가요?"

대화를 나누면서 우민은 점점 잠에서 깨어났다.

"꼭 그렇다고는 할 수 없지만 비슷하다고 할 수 있겠네요."

"저라면 광고를 보자마자 당장 해당 제품을 주문하도록 만들 수 있는데 아쉽네요."

손석민도 놀라 우민을 바라보았다.

"네?"

비척거리며 일어난 우민이 주머니에서 USB를 꺼내 광고주에게 건넸다.

"여기 담겨 있는 영상을 한 번 보시겠어요? 제가 쓰고, 외주를 맡긴 영상인데 이걸 보시면 제가 무슨 말을 하는지 알 겁니다."

광고주가 우민이 건넨 USB를 노트북에 꽂아 동영상 파일을 하나 클릭해 보았다.

30초짜리 짧은 영상에 불과했다. 영상의 퀄리티는 떨어졌지만 그 안에 담긴 내용만은 충실했다.

왜 우민이 세계적인 작가로 명성을 날리고 있는지 알 수 있었다.

*　　　　　*　　　　　*

광고주와의 미팅을 끝내고 집으로 돌아가는 길.

운전대를 잡은 손석민은 백미러 속에 앉아 있는 우민을 보며 흐뭇한 미소를 감추지 못했다.

"그런 영상은 또 언제 준비한 거야."

우민이 광고주에게 건넨 USB에 담겨 있는 30초짜리 영상. 그 영상이 플레이되고 회의실에 있던 모두가 머릿속에 한 가지 생각을 떠올렸다.

궁금하다.

갖고 싶다.

손석민도 크게 다르지 않았다.

"그냥 생각났어요. 아마 한 장짜리 이미지였다면 준비하지 못했을 겁니다."

"왜, 너라면 가능했을 것 같은데."

"30초라는 시간이 있었기에 가능했던 겁니다. 전 이야기를 만들어내는 글쟁이지 광고쟁이는 아니니까요. 그저 이야기에서 갈등을 일으키는 요소로 핸드폰을 사용했을 뿐이에요."

"하긴……."

손석민도 일견 수긍되는 말이었다. 우민의 말대로 영상은 액정이 산산조각 난 핸드폰을 줌인하면서 시작되었다.

액정에 잔뜩 금이 갔지만 작동이 되는 핸드폰, 피를 흘리고 있던 남자가 정신을 차리고 일어나 핸드폰을 쳐다본다.

마치 짧은 영화 홍보 필름을 보는 것 같았다.

"미국에서 드라마 예고편 작업할 때 경험했던 기억이 많은 도움이 됐죠."

우민이 대수롭지 않은 듯 말했다. 정말 그에게는 대수롭지 않은 일이라는 게 더 놀라울 뿐이었다.

손석민은 순간 머릿속에 얼마 전 우민이 했던 말을 떠올렸다.

빌 게이츠는 떨어진 돈을 줍지 않는다.

저 정도의 능력을 가지고 있기에 할 수 있는 말이리라.

"그 감각 나도 조금만 주면 안 되겠니?"

"하하, 저도 그럴 수만 있다면 그러고 싶네요. 요즘 손이 4개라도 모자랄 정도로 바빠서."

뒷좌석에 앉은 우민이 핸드폰에서 눈을 떼지 못했다. 사이트에 올라오는 새로운 글, 우민이 만든 작가 그룹에 들어오고 싶다는 지원자들을 살피느라 여념이 없었다.

*   *   *

광고주 미팅이 끝나고 인테리어가 끝난 가로수길 옆 주택을 찾은 우민은 잠시 할 말을 잇지 못했다.

"……"

"여기 내 자리 찜했다."

붉은 머리의 소녀, 이제는 21살의 숙녀로 성장한 카타리나가 한 자리를 차지하고 있었다.

"아직⋯ 출국 안 했어?"

"안 했지롱! 네가 깜짝 놀랄 만한 일 알려줄까?"

우민이 살짝 미간을 짚으며 말했다.

"뭔데?"

"나 학교 자퇴했어. 작가 일 본격적으로 해보려고."

"너⋯⋯."

"잘했지?"

마냥 해맑게 웃으며 하는 말에 우민은 차마 화도 내지 못했다. 그저 무슨 생각인지 궁금해 되물었다.

"저, 정말 하버드를 그만뒀어?"

"진지하게 고민해 봤지. 내가 재밌게 즐길 수 있는 일이 무엇일까. 어릴 때는 그저 변호사가 돼서 어려운 사람들을 도와줘야겠다고 생각했어. 그런데 막상 공부를 하다 보니까 전혀 즐겁지가 않아."

장난기 사라진 얼굴로 진지하게 자신의 미래를 말하는 카타리나의 말을 우민도 웃음을 지운 채 경청했다.

"이 일은 다르더라. 기쁘고, 즐겁고. 때론 힘들 때도 있었지만 그런 고통조차 싫고 짜증 나는 느낌이 아니었어. 오히려 재밌어."

"흠⋯⋯."

우민이 긴 숨을 내쉬었다. 자퇴까지 했다는 게 사실일까?

자신이 알고 있는 카타리나는 여우에 가까웠다.

그렇다면 휴학 정도 한 거겠지. 잠시 생각에 빠져 있는 우민의 콧속으로 상큼한 살 내음이 훅 풍겼다.

"받아줄 거지?"

어느새 가까이 다가와 팔짱을 끼고 있었다. 당황한 우민의 귀가 달아올랐다. 그간 면역이 되어서인지 몸까지 뻣뻣하게 굳어버리지는 않았다.

팔을 슬쩍 빼낸 우민이 카타리나가 앉아 있던 자리에 앉았다.

"카타리나."

나지막이 그녀의 이름을 불렀다. 대답이 필요치 않다는 걸 느낀 걸까. 그녀도 입을 닫고 조용히 우민을 지켜보았다.

"말괄량이 소녀에서 의지할 수 있는 친구로, 이제는 떨림을 전해주는 여자로… 읍읍!"

갑자기 달려와 손으로 자신의 입을 막아버리는 통에 우민이 말을 끝맺지 못하고 신음을 토했다.

겨우 그녀의 손을 뿌리친 우민이 말했다.

"타냐! 이게 뭐 하는 짓이야!"

"날 여자로 봐준 것만으로 충분해. 더 이상은 쉿!"

귀엽게 손가락으로 입술을 막으며 하는 소리에 도무지 미워할 수가 없었다.

아니, 어쩌면… 그 반대일지도 모르겠다.

우민은 더 이상 말을 하지 않은 채 일에 열중했다.

작가 그룹에 참가하고 싶다고 연락 온 이메일이 수백 통을 넘어가고 있었다.

그중에서 몇 명을 추려내야 했다.

*　　　　*　　　　*

공모전 참가를 위해 우민이 만든 사이트에 글을 올리고 있는 이문철은 지금의 상황이 영 마음에 들지 않았다.

"내가 10위밖에 안 된다고?"

베스트 100에서 10위였다. 1위를 하고 있는 작품은 꼴도 보기 싫은 우민의 작품. 가히 넘사벽의 조회 수를 자랑했다.

자신이 올리는 글의 최근 조회 수가 4만이었다. 우민의 작품은 15만. 몇 배의 차이였다.

"젠장, 이건 말도 안 돼. 이 새끼 사이트 주인이라고 조작질하는 거 아냐?"

아무리 생각해도 이해가 되질 않았다. 판타월드에서 4만 정도의 조회 수면 1등을 하고도 남았다.

그런데 여기서는 고작해야 10위.

그래, 그건 독자들의 수가 많다고 치고 넘어갈 수 있었다.

"그렇지 않으면 이 정도까지 차이가 날 리가 없잖아."

이문철은 자신보다 상위권에 있는 작품들을 하나씩 차근차근 살펴보았다. 읽어보니 필력에서 그리 큰 차이가 나는 것 같지도 않았다.

비슷한 수준의 내용에 비슷한 수준의 필력. 몇 번을 생각해 보았지만 답은 하나였다.

"이 작품은 출판사랑 계약 안 하고 혼자 먹으려고 했는데 안 되겠어. 사장한테 좀 만져달라고 해야지. 안 그랬다가는 10위권에서 머물다가 더 떨어지겠어."

화가 났지만 이문철은 상황을 냉철하게 분석했다.

그렇지 않아도 연재가 될수록 오히려 조회 수가 조금씩 떨어지는 중이었다.

최신 트렌드를 나름 잘 버무려 쓴다고 썼는데 글이 산으로 가고 있다는 둥, 주인공의 행동이 이해가 안 간다는 둥 등등의 댓글이 자주 눈에 띄었다.

"문학계의 베스트셀러 작가였던 난데 이런 순위는 말도 안 되지. 암, 그렇고말고."

배성균과의 통화를 마친 이문철이 오늘 올린 글에 달린 댓글들을 살펴보았다.

자꾸만 댓글에 눈이 갔다. 근래 들어 의문점을 제기하는 독자들이 늘어나고 있었다. 그게 마음에 걸려 고심에 고심을 거듭했다.

통화를 끊은 배성균은 나지막이 욕을 읊조렸다.

"이 새끼는 지가 필요할 때만 연락하고 난리야."

옆자리에 앉아 있던 최경락이 물었다.

"왜요? 이문철 작가가 뭐라고 하는데요?"

"자기가 소설닷컴에 '아이돌 천마'라는 글을 올리고 있는데 순위 좀 올려달라는데?"

"저희랑 계약한 작품도 아니잖아요."

"그러니까. 조회 수 올려주면 계약하겠대."

"중국 진출하려면 버릴 수도 없는 작가인데… 진짜 까다롭네요."

"내 말이."

중국.

배성균은 이왕 시작한 거 끝을 보겠다는 심정으로 중국 진출까지 염두에 두고 있었다.

자체 시장 조사에 따르면 웹소설 소비자만 해도 3억 명. 그곳에서 일어나는 매출액은 한국과 비교가 불가능했다.

특히나 중국을 배경으로 하는 한국형 무협 소설이 중국인들의 감성에 잘 맞는다는 사전 조사 결과가 매력적이었다.

이미 중국 사람들과 접촉하여 가능성을 확인한 참이었다.

"제가 이미 한번 검토해 봤는데 조회 수도 조금씩 떨어지고 있고, 내용이 많이 우려먹은 레퍼토리라 뒷심 받기에도 부족한 것 같아요."

"'천마강림'발이겠지."

"어떻게 할까요?"

"어떻게 하긴. 일단은 맞춰줘. 빼먹을 건 다 빼먹어야지."

배성균이 잔뜩 인상을 찌푸린 채 말하자 최경락이 자주 거래하는 업체로 익숙하게 전화를 걸었다.

*   *   *

K대 국어국문학과 학생인 전석영은 학생회관 앞 벤치에 앉아 우민이 만든 사이트인 '소설닷컴'에 접속했다.

'순위가 또 올랐잖아.'

13위.

놀라운 숫자였다.

"내가 13위라니……."

어제는 20위권에 있었다. 처음에는 순위권에서 글이 보이지도 않았다. 꾸준히 쓰고, 재밌게 쓰려고 노력했더니 순위는 어느 순간 올라가 있었다.

"댓글도 칭찬 일색이고……."

―작가님 어서 다음 편 주세요. 현기증 난단 말이에요.

―작가 감금하러 갈 용자들 모집합니다.

―꿀잼. 꾸르잼잼!

―갓작 예감입니다. 이대로만 쭉 가주세요.

재밌다는 댓글이 대부분이었다. 요즘 자신에게 일어나는 일들이 마치 꿈만 같았다.

툭.

"뭐 하냐?"

국어국문학과 동기가 전석영의 어깨를 툭 치며 물었다.

"아, 그냥… 뉴스 좀 보고 있었어."

전석영은 웹소설을 쓰고 있다는 사실을 그대로 말하기가 왠지 부끄러웠다.

많은 친구들이 예술 계통이나 교사 쪽을 꿈꾸고 있었다. 웹소설을 쓰겠다는 친구는 아직 한 명도 보이지 않았다.

"너도 그거 봤냐? 소설닷컴에서 진행하는 공모전?"

"보긴 했지. 거기서 1등 하면 10억이잖아."

"혹시 써볼 생각?"

"워낙 액수가 크니까."

"와, 상아탑을 돈 탑으로 쌓을 놈. 온갖 비문이 판을 치고,

한글을 망치는 웹소설에 공모전에 글을 내느니 차라리 펜을 꺾고 말지."

이 친구는 예전부터 '웹소설'에 부정적이었다. 한글을 파괴한다느니, 아이들의 정서에 부정적인 영향을 준다느니 하며 악의 축으로 몰아갔다.

"그, 그런가……."

"너 최 교수님이 하신 말씀 못 들었어? 그 교수님이 웹소설 극도로 혐오하시잖아. 모르긴 몰라도 거기에 글 올렸다는 사실만으로도 학점 각오해야 할걸?"

전석영은 긴 한숨을 내쉬었다. 떠벌리기 좋아하는 이 친구에게 사실대로 말하지 않은 걸 다행이라 생각했다.

'이우민 작가님 그룹에 들어가려 한 건 괜히 했나…….'

글을 올린 사실을 만약 들키는 날이면 F학점을 받을 수도 있다는 말에 약간의 후회가 들었다.

한발 나아가 이우민 작가 그룹에 들려고 메일까지 보냈다는 소식이 알려지면 최 교수님께 어떤 소리를 들을까 걱정스럽기까지 했다.

"최 교수님이 문인 협회에서 한자리하고 계시는 건 알지? 출판사 쪽 사람들도 많이 알아서. 아마 나중에 등단도 못 하게 할 수도 있어."

"바, 밥이나 먹으러 가자."

전석영이 서둘러 화제를 돌렸다. 혹여 자신이 글을 쓰는 걸 들키고 싶지 않았다. 자리에서 일어난 전석영의 뒤로 '오' 하는 감탄사가 들렸다.

"저거 뭐야. 마세라티 아냐?"

마세라티.

최고급 외제차.

친구의 말대로 학생회관 근처 주차장으로 처음 보는 문양의 차가 들어서고 있었다.

주차된 차 안에서 젊은 남자 한 명이 밖으로 나왔다.

"휘유, 우리 학교에 저런 놈이 있었어? 연예인인가……."

친구의 중얼거림이 들리지도 않았다. 몇 번을 보았기 때문에 자신은 누군지 바로 알 수 있었다.

이우민 작가.

누군지 눈치챈 여자들이 수군거리며 우민을 바라보았다. 그러나 그에게서 느껴지는 범접할 수 없는 분위기에 쉽게 다가가질 못했다.

'어라?'

그런 그가 전석영에게 걸어오고 있었다. 간혹 종이를 보고 다시 한번 전석영을 보며 얼굴을 확인했다.

"어라? 이런 우연이 있네요. 학교 구경도 할 겸 천천히 찾아보려고 했는데… 전석영 씨 되시죠?"

전석영은 대답도 하지 못하고 그저 고개를 끄덕였다.

"안녕하세요. 이우민입니다."

우민이 손을 내밀었다.

우민의 말에 옆 친구가 더 놀랐는지 어버버거리며 제대로 말을 잇지 못했다.

"저랑 함께하고 싶다고 메일 보내신 분 맞죠? 한 분씩 면접 겸 실제로 만나보고 싶은데 오라 가라 하는 건 예의가 아닌 것 같아서 찾아왔습니다."

놀란 전석영도 뭐라 답하지 못하고, 그저 당황하여 고개를 끄덕이는 시늉만 할 뿐이었다.

"아, 물론 이렇게 갑자기 찾아오는 것도 실례라고 생각하실 수 있는데 아무리 연락을 해도 받질 않으셔서요."

전석영이 황급히 가방에 넣어 두었던 핸드폰을 꺼내 들었다. 메인 화면을 확인해 보니 정말 모르는 번호로 전화가 와 있었다.

혹시 시간 되냐는 문자까지.

전석영은 아직 얼떨떨함이 가시질 않았는지 말을 더듬었다.

"아, 그, 그러셨구나."

"하하, 너무 부담 갖지는 마세요. 여기 국어국문학과 교수로 계시는 분 만나러 온 김에 뵈려고 연락드린 거니까요."

"아……."

전석영이 이제야 수긍이 간다는 듯 고개를 주억거렸다. 함께 있던 친구는 어디서 구했는지 종이와 펜을 들고 왔다.

　"패, 팬입니다. 사인 한 장만 해주실 수 있나요?"

　전석영이 황당하다는 듯 친구를 바라보았다. 방금 전까지 우민이 하고 있는 일을 열심히 험담하던 친구가 맞나 싶었다.

　"지금까지 출판하신 책 전부 다 재밌게 읽었습니다. 초등학교 때 출판하신 달동네 아이들 양장본도 가지고 있어요. 학과 교수님이 꼭 읽어보라고 한 추천 도서인데 읽어보니 정말 재밌더라고요."

　자신보다 오히려 더 호들갑을 떨었다.

　"하하, 재밌게 봐주셨다니 감사합니다."

　우민은 웃음을 읽지 않고 전석영에게 물었다.

　"석영 씨, 어때요? 오늘 시간 괜찮습니까?"

　전석영이 고개를 끄덕였고, 우민을 따라가다 보니 어느새 최 교수님의 교수실 안에 앉아 있었다.

＊　　　　＊　　　　＊

　최 교수.

　제자들이 웹소설 계에 발을 담그는 것을 극도로 싫어하는 것으로 알려져 있는 교수님이었다.

그런데 왜 자신이 이런 교수님의 교수실까지 와 있단 말인가. 더구나 지금 눈앞에서 펼쳐지고 있는 광경은 또 뭐지?

아무도 설명해 주지 않았기에 전석영은 그저 조용히 입을 다물고 앉아 자리를 지켰다.

"이제 교수가 되셨다니, 축하드려요. 석민 아저씨 통해서 소식은 계속 듣고 있었습니다."

"아주 세계적으로 유명 인사가 됐어. 이제는 쉽게 만날 수도 없을 만큼 말이야."

"하하, 교수님이 부르시면 언제든지 와야죠."

"정말이냐? 하하하, 매주 불러도 올 거야?"

"교수님이 그러지 않으실 거라 믿고 있습니다."

"뭐? 이 녀석이!"

하하 호호 교수실에서 웃음이 끊이질 않았다. 최준철 교수. 우민을 손석민과 연결시켜 주기도 했던 최준철은 작가에서 이제 모교의 교수가 되어 있었다.

"진주 누나는 잘 계시죠?"

"그래, 요즘 둘째 키우느라 정신없다."

우민이 엄지손가락을 추켜세웠다.

"역시!"

최준철이 민망한지 헛웃음을 터뜨렸다. 저렇게 허물없이 대화를 나누는 사이라니 전석영은 약간 부러운 마음마저 들었다.

베스트셀러 작가로 유명한 최준철이 K대에 온 건 약 2년 전. 이름을 날리는 작가답게 교내에서도 인기 만점의 교수였다.

"하하, 그런데 이 녀석이 네가 만든 사이트⋯⋯."

"소설닷컴이요."

"거기에 글을 올리고 있다고?"

"네. 매번 순위가 빠르게 올라가고 있어요. 잠재력이 있는 분입니다."

"그거야 네가 그렇다면 그런 거겠지."

"그리고 제가 작가 그룹을 만들어서 공동으로 책이나 미국처럼 극본을 쓰는 일을 해보려고 하는 데 지원을 하셨더라고요. 그래서 겸사겸사 온 겁니다."

드디어 자신에 대한 이야기가 나왔다. 전석영이 살짝 움츠러들며 긴장했다. 웹소설을 싫어하는 최준철 교수가 어떻게 반응할지 궁금했다.

"웹소설이라⋯ 그렇게 그런 쪽으로 가지 못하게 막았지만, 시대의 흐름을 역행할 수는 없는 건가⋯⋯."

최준철이 아쉽다는 듯 혼잣말을 중얼거렸다. 우민은 여전히 미소를 잃지 않고, 말했다.

"하하, 저 보세요. 저는 웹소설도 쓰고, 교수님이 말하는 순문학도 잘하고 있잖아요. 아시죠? 저 미국에서 꽤나 인정받고 있는 거."

"하하, 이 녀석아. 그거야 너나 되니까 그런 일이 가능한 거지. 다른 사람들은 그렇게 하라고 해도 못해."

"굳이 경계를 나눌 필요는 없다고 생각해요. 이거 쓰다가, 재미가 없으면 저것도 써보고 하는 거죠. 그렇게 다양한 경험이 있어야 교수님이 말하시는 깊이가 있는 문학이 만들어지는 거 아니겠어요."

우민의 설명이 이어질수록 전석영은 놀라움을 감추지 못했다. 최준철 교수, 그가 누구인가.

교내에서 이름을 날리는 독설가. 학생들이 내는 과제 하나하나에 빨간 펜을 그어가며 자세한 설명을 붙여준다.

그 설명 하나하나가 제출자의 가슴을 후벼 파는 팩트들로 도무지 반박할 말을 잃게 만들어 버린다.

그런 교수가 어떤 반박도, 지적도 하지 않은 채 그저 조용히 우민의 말을 듣고만 있었다.

"듣고 보니… 그랬던 것 같기도 하구나. 내 편협한 생각으로 학생들의 미래를 막고 있었나 하는 생각도 들고……."

"제가 미국에서 만난 문학 평론가 라일리 카터가 이런 말을 해주셨어요."

듣고 있던 최준철이 우민의 말을 막았다.

"자, 잠깐. 라일리 카터? 네가 말하는 그 사람이 미국 문학계를 좌지우지한다는 그 문학 평론가 라일리 카터가 맞아?"

"좌지우지까지는 모르겠는데… 아마 맞을 겁니다."

최준철이 잠시 긴 숨을 내쉬며 숨을 골랐다. 라일리 카터라면 현대 문학계에서 책을 출판하는 미국 작가라면 누구나 한 번쯤 평가를 받고 싶어 하는 문학 비평가였다.

그런 그와 마치 친하다는 듯 말하는 우민이 새삼 놀라울 뿐이었다.

"그, 그래. 뭐라고 했는지 말해보렴."

"시대를 따라가려 해도, 시대가 나를 거부한다. 교수님도 그렇게 되기 전에 항상 바짝 촉을 세우고 있으셔야 할 겁니다."

옆에 있던 전석영이 움찔했다. 이제는 오히려 반대로 지적까지?

"뒷방 교수님 되기 전에 말입니다."

"이 녀석이 아주 보자 보자 하니까. 뭐? 뒷방 교수?"

최준철이 짐짓 화가 난 표정을 지어 보였다. 하지만 우민은 전혀 신경 쓰지 않는지 오히려 소리 내어 웃어버렸다.

"하하, 아니면… 꼰대?"

"아이고, 네 녀석은 당해낼 수가 없구나."

최준철 교수님과의 대화가 끝나고 나서야 둘만의 시간이 찾아왔다.

학교 근처 한적한 카페.

우민은 굳이 왜 전석영을 최준철과의 인사에 동석시켰는지 설명해 나갔다.

"저라는 사람을 아마 인터넷으로만 봤을 겁니다. 그래서 현실에 제가 어떤 사람인지 전부를 알려줄 수는 없어도, 일부분은 보여줄 수 있을 거라 생각했어요. 그래서 부담스러울 수도 있는 자리에 동석하게 된 겁니다."

그제야 전석영은 왜 자신이 꿔다 놓은 보릿자루 취급을 받으며 동석해야 했는지 이해가 되었다.

"이 자리는 제가 석영 씨를 알아야 하는 자리이기도 하지만 석영 씨도 저를 알아야 하니까요."

그 말을 듣는 순간 전석영은 깨달았다. 어떻게 해서라도 우민이 만들고 있다는 작가 그룹에 들어가야 한다.

우민이 하고 있는 배려는 보통의 유명한 사람들이 할 수 있는 일이 아니라는 걸 본능적으로 느낄 수 있었다.

전석영이 용기를 내어 진심을 담아 말했다.

"알면 알수록… 작가님이 만들고 계시는 그룹에 들어가고 싶어지네요."

"하하, 물론 그런 말 많이 듣습니다. 그럼 이제 석영 씨라는 사람을 저에게 알려주시겠습니까?"

본격적인 면접이 시작되었다.

면접이 끝나고, 전석영의 친구가 어떻게 알았는지 카페 바로 밖에서 대기하고 있었다.

"야. 뭐야. 어떻게 됐어?"

"여기는 어떻게 알고 온 거야?"

"사람 많은 데로 쫓아왔더니 여기더라. 지금 이우민 작가 보겠다고 여자애들 난리 났어. 그게 중요한 게 아니고, 뭐야. 무슨 일인데 너를 찾아온 거야?"

궁금한 게 많은 친구는 답도 듣지 않고 말을 이었다.

"그리고 둘이 최 교수님 찾아갔다며? 아는 사이야?"

"무슨 일이 있었는지 너는 아마 상상도 못 할 거다. 그리고 돈의 탑 어쩌고저쩌고 하던 놈이 뭐? 사인을 해달라고?"

"헤헤, 그거야 혹시 친구가 헛된 생각에 빠질까 봐 걱정돼서 했던 말이고."

"됐다. 됐어."

"그래, 역시 넌 대인배야. 용서해 줘서 고맙다. 그러니 이제 내 궁금증을 한번 풀어주렴."

"맨입으로?"

"콜. 가자."

앞장선 친구를 따라가며 전석영은 미소를 감추지 못했다. 왠지 예감이 좋았다.

그리고 슬쩍 핸드폰을 열어 자신이 소설닷컴에 올리고 있는 소설 '들리지 않아도'의 조회 수를 확인해 보았다.

이제는 10위권까지 올라가 '아이돌 천마'와 박빙을 이루고 있었다.

'순위가 또 올라갔어. 이러다 정말 대상 타는 건 아니겠지……'

들리지 않아도.

로맨스 장르로, 한순간의 실수로 자식을 잃은 어머니가 죄책감에 시달리다 귀까지 멀게 된다. 그런 그녀가 과거로 회귀하여 다시 지금의 남편과 결혼해 실수로 잃어버린 자식을 되찾기 위해 고군분투하는 이야기로 '소설닷컴'에 접속하는 여성 유저들의 절대적인 지지를 얻고 있었다.

"야, 빨리 와. 무슨 일인지 궁금해 미치겠다."

"간다. 가."

전석영이 보고 있는 핸드폰을 닫았다. 그 순간에도 댓글이 달리고 있었다.

─작가님, 해피엔딩 맞죠? 아니면 안 볼 거예요.
─재미는 있는데 너무 슬프다. ㅜㅜ
─30대 애 키우는 아줌만데 너무 공감되네요.

전석영이 올리고 있는 글에 달리는 댓글이었다.

소설닷컴이 불러일으키는 광풍에 손석민은 매일 관리자 페이지를 보는 즐거움에 흠뻑 빠졌다.

오늘은 또 얼마나 많은 가입자가 생겼는지, 올라오는 글의 수는 몇 개인지 등등 관리자 페이지에서 제공하는 수치들을 볼 때마다 히죽 웃음이 흘러나왔다.

"오늘도 엄청나구나."

근래 들어 줄어들기는 했지만 오늘도 몇천 명이 사이트에 가입했다.

그런데 약간 이상한 점이 눈에 띄었다.

"필리핀이랑, 중국 쪽이 유독 많네… 이게 이럴 수가 있나."

아직 영미권이나 중국 쪽에 번역된 사이트를 제공하고 있지는 않았다.

사이트가 자리를 잡고 나면 인터페이스를 각 나라의 언어에 맞게 번역하여 제공할 계획은 가지고 있었다.

뿐만 아니라 인기 작품들은 번역가를 붙여 서비스하는 것이 중장기 계획에 포함되어 있었다.

그러나 지금은 아니었다.

"흐음……"

손석민이 작품별 조회 수 분포도를 클릭해 보았다. 거기에는 특정 작품에 대한 나이대별, 성별, 나라별 조회 수 분포도가 제공된다.

"아이돌 천마라?"

유독 중국 쪽에서 가입한 사용자들의 지지를 많이 받고 있는 작품이었다.

중국 쪽에 어떠한 마케팅도 하지 않았는데 어떻게 알고 들어와 조회하는 것일까?

더구나 한글이다.

저 사람들이 한글을 읽을 줄 안다?

의심스러운 구석이 한두 군데가 아니었다. 손석민은 더 자세히 알아봐야 할 필요를 느꼈고, 개발 담당자에게 전화를 걸어 상세한 리포트를 요구했다.

*   *   *

떨어진 달 출간일.

전국 서점 동시에 입고되었고, 불황기를 돌파하기 위한 호재로 생각한 오프라인 서점들은 알아서 가장 사람들의 눈에 띄는 매대에 우민의 책을 올려놓았다.

한국인이 사랑하는 작가 이우민 신간.

세계적인 베스트셀러 이우민 작가의 신간 출간.

그의 이야기에는 희노애락이 담겨 있다.

한 번 그를 접하면 그의 모든 작품을 읽게 된다는 작가.

수많은 수식어들이 우민이라는 이름의 앞자리를 장식했다. 간혹 낯부끄러울 만큼 그를 찬양하는 말들도 있었지만 우민은 당연하다는 듯 받아들였다.

"문구를 잘 뽑았네요."

"그, 그렇지?"

"사실 천재, 역대급, 전무후무라는 말들은 너무 많이 들어서 진부했었어요."

"팬들 앞에서는 되도록 그런 말… 하지 말아줄래?"

"이런 제 모습을 싫어하면 팬이 아닌 거죠."

"……."

둘은 서울 강남대로 한가운데 위치한 대형 서점에서 귓속말을 나누는 중이었다.

여기서 열릴 우민의 출간 기념 사인회.

아직 시작 시간도 되지 않았는데 몇몇 사람들이 줄을 서기 시작했다.

"생각보다 사람이 별로 없네요."

"그럼 뭐, 강남대로를 한 바퀴 빙빙 둘러 있을 줄 알았어?"

"하하, 제 인기가 웬만한 아이돌 못지않잖아요."

"한국인 연평균 독서량이 9권이다. 그마저도 인구의 60% 정도밖에 읽지 않아. 책에 관심이 없는 사람들은 그저 뉴스에서 너 같은 사람이 있나 보다 하지, 너에게 열광할 정도는 아니야."

손석민은 우민이 얼마나 대단한 능력을 가졌고, 전인미답의 길을 가고 있다는 사실도 알고 있다.

그러나 인기는 다르다.

우민의 인기는 '책에 조금이라도 관심 있는 성인들'이라는 단서가 붙어 있었다.

"아마 내년에 조사하면 그 수치가 달라질 거예요. 제 덕분에 한국인 평균 독서량이 올라갈 테니까요."

"그래, 이번에도 뭐 네 말이 맞겠지."

손석민이 이제는 포기했다는 듯 중얼거렸다. 우민이 장난스럽게 말하는 듯했지만 지금까지 전부 그의 말대로 되었다. 그 사실이 손석민으로 하여금 우민의 말에 반박하지 못하게 만들었다.

우민이 마지막 말로 쐐기를 박았다.

"더구나 전 잘생긴 작가잖아요."

"윽……."

이 말에도 손석민은 반박하지 못했다. 우유 빛깔 피부에,

딸기처럼 탐스러운 입술, 거기에 빠져들 것 같은 투명한 눈망울까지…….

젠장, 잘생겼다. 남자가 봐도 잘생겼다. 그사이 서점 스피커를 통해 안내 방송이 흘러나왔다.

—지금부터 이우민 작가 사인회를 D—3 구역에서 진행하겠습니다.

—지금부터 이우민 작가 사인회를 D—3 구역에서 진행하겠습니다.

*　　　*　　　*

사인을 받고 있는 우민의 옆에는 팬들이 전해준 선물이 탑처럼 쌓여 있었다.

또다시 선물 박스를 들고 온 팬 한 명이 우민의 앞에 섰다. 아무리 낮게 봐준다고 해도 최소한 40대는 넘어 보이는 중장년의 여성 팬이 어눌한 한국어로 한 자씩 또박또박 말했다.

"우민, 팬입니다. 사랑합니다."

"아리가또 고자이마스."

"일본에도 와주세요. 부탁합니다."

"네. 꼭 한번 찾아가겠습니다."

우민의 입에서 유창한 일본어가 흘러나왔다. 그때마다 마치 소녀처럼 꺅 하는 비명을 토했다.

뒤에 있던 여성 팬도 일본인.

우민은 한동안 '아리가또'를 연발했다. 그렇게 일본인 팬들이 지나간 자리를 또다시 어눌한 한국어를 구사하는 영미권 팬들이 차지했다.

"우민, 너무 재밌어요. 이번 작품도 드라마나 영화로 만들어 주세요."

"Thank you."

이번에는 능숙한 영어로 답했다. 영어나 일본어를 말하는 데 한 치의 머뭇거림도 보이지 않았다.

그 모습이 고스란히 취재를 하러 나온 카메라에 잡혔다. 옆에서 보고 있던 손석민은 뿌듯함에 가슴이 벅차올랐다.

'이제는 더 이상 놀랄 일이 없을 줄 알았는데……'

까도 까도 나오는 양파처럼 우민은 매번 자신을 놀라게 만들었다.

끝을 모르게 늘어선 줄. 그런 열기를 취재하기 위해 나온 기자들. 그중에는 외신 기자들도 심심치 않게 보였다.

'CNN까지 취재를 나오다니… 진짜 무슨 세계적인 명사가 된 것 같잖아.'

예정된 사인회 시간은 단 3시간.

길게 늘어선 수많은 시민들을 전부 소화하기에는 짧은 시간이었다.

결국 대다수의 팬들이 아쉬움을 안고 발걸음을 돌려야 했다. 그들의 손에는 우민이 이번에 출판한 책이 한 권씩 들려 있었다.

손석민의 감탄이 끝나갈 때쯤 예정된 사인회가 끝이 나고, 잠시간 취재 기자들과의 인터뷰가 진행되었다.

기자 한 명이 손을 들고 물었다.

"할리우드에서 러브콜이 왔다던데 사실인가요?"

"영화나 드라마 쪽으로 제작하고 싶다고 연락이 오긴 했습니다. 현재 검토 중입니다."

"떨어진 달의 초판 인쇄 만 부가 사전 예약으로 팔려 나가고, 5만 부를 증쇄할 예정이라고 들었습니다. 혹독한 불황기를 헤쳐 나가는 출판 시장에 유례없는 인기인데요. 비결을 알수 있을까요?"

"몇 권이 팔리는지 정확한 수치는 알 수 없지만 많이 팔리고 있다니 독자 여러분께 감사할 따름입니다."

어린 시절부터 겪었던 경험들 덕분에 우민은 능숙하게 기자들의 질문에 답변해 나갔다.

상식적인 대답에 손석민이 안도의 한숨을 내쉬었다.

"인기의 비결이라… 무전여행을 하며 '세계'라는 것에 대해 많은 고민을 했습니다. 지금 우리가 살고 있는 '세상', 그 안에서 살아가는 다양한 사람들을 최대한 담으려고 노력했습니다. 그런 점에서 독자분들이 흥미를 느끼신 게 아닐까 합니다."

기자들의 통상적인 질문이 끝나갈 때쯤 유명 연예인들의 사생활을 정확하게 취재하기로 유명한 디스패처 기자 한 명이 손을 들고 물었다.

"말씀하셨던 무전여행 동안의 행적을 저희가 자체 취재한 결과 아프리카에 약 십만 달러가 넘는 돈을 기부하셨던데 사실입니까?"

우민의 얼굴에도 살짝 당황스러움이 서렸다.

"액수는 잘 기억나지 않지만 사실인 것 같습니다."

"중동의 난민 캠프에서도 봉사 활동을 하신 것으로 저희 취재 결과 나왔는데 사실입니까?"

"…잠깐 그쪽 임시 학교에서 글쓰기 교육을 하긴 했었습니다."

"상당한 액수를 난민을 위해, 그리고 테러 방지에 기부하셨던데요."

"맞습니다… 상당히 많은 조사를 하셨나 보군요."

"하하, 칭찬으로 듣겠습니다. 작년 미국 텍사스주에 발생한 대

규모 재난 사태에도 상당 액수를 기부한 걸로 저희 조사 결과
나왔는데, 왜 이렇게 기부를 많이 하시는지 물어봐도 될까요?"

듣고 있던 손석민도 놀랄 정도의 행적이었다. 그저 세계 여
행을 다녀온 거라 생각했지만 그게 아니었던 모양이었다.

디스패처가 밝혀내는 우민의 과거 행적은 상상도 못 했던
것들이 대부분이었다.

우민은 그저 담담하게 답했다.

"받은 만큼 돌려 드리는 것뿐입니다. 독자들이 없으면 지금
의 저 역시 없을 테니까요."

답변을 들은 팬들이 하나같이 꿀꺽 마른침을 삼켰다. 왠지
모를 흐뭇함에 가슴이 벅차올랐다.

저런 사람이 같은 한국인이라는 것이 자랑스럽게 느껴졌다.
그렇지 않아도 갈수록 살기 팍팍한 현실 속에서 한 줄기 청량감
이 맴돌게 하는 모습에 묵은 체증이 확 내려가는 기분이 들었
다.

"받은 만큼 돌려준다라… 하하, 우리나라 국회의원 분들이
꼭 들었으면 하는 말이군요."

기자의 작은 읊조림에 그 자리에 모여 있던 사람들이 저도
모르게 고개를 끄덕였다.

그렇게 사인회가 끝나고 우민은 또다시 실시간 검색 1등을
차지했다.

이번에는 다른 수식어가 붙어 있었다.

천사 작가 이우민.

한국만이 아니라 미국 언론에도 우민의 지난 이야기들이 실려 사람들에게 회자되었다.

사인회가 끝나고 서점 주변에서 진풍경이 벌어졌다. 우민의 책을 구매한 사람들이 집으로 돌아가지 않고, 서점에 마련된 의자, 근처 카페에 앉아 책을 읽고 있었다.

손에 들고 있는 건 모두 '떨어진 달'. 우민이 출판한 책이었다.

몇몇 기자들이 진기한 풍경을 촬영하기 위해 질문이라도 할라 치면 귀찮다며 손사래를 치기 일쑤였다.

방해하지 말라는 신호였다.

몇몇 책을 다 읽은 사람들이 자리에서 일어나는 순간에 맞춰 기자들이 마이크를 들이밀었다.

"이우민 작가의 책을 읽으신 것으로 보이는데요. 혹시 왜 집으로 돌아가지 않으시고, 이곳에서 읽으신 건지 알 수 있을까요?"

"재밌으니까요. 집에 가서 봐야지 하고, 잠깐 폈는데 도저히 집까지 가는 시간을 기다릴 수가 없더라고요."

"특히 어떤 부분이 재밌었는지 알 수 있을까요?"

"방대한 세계관? 정말 책 속의 세계에 흠뻑 빠진 기분입니다."

진기한 풍경은 서점 주변에서만 벌어지는 게 아니었다. 버스, 지하철 등지에서도 시민들은 핸드폰이 아닌 책을 붙잡고 있었다.

─저는 지금 지하철 9호선 신논현역에 나와 있는데요. 현재 서점 주변 곳곳에서 손에 책을 든 시민들을 심상치 않게 찾아볼 수 있습니다.

기자의 멘트 후, 시민과의 인터뷰가 방송을 통해 흘러나왔다.

─정말 재밌습니다. 한번 읽기 시작하니까 멈출 수가 없어요.
─시민들의 반응은 다들 한결같았습니다. 이제는 이우민 신드롬이라는 말까지 흘러나올 정도인데요. 서점가에 부는 이우민 열풍이 사람들의 손에서 핸드폰을 내려놓고, 책을 쥐게 만들고 있습니다.

삑.
뉴스를 보던 손석민이 리모컨을 눌러 TV를 껐다. 그야말로 대한민국이 들썩거렸다.
우민의 말대로 정말 내년이면 시민들의 평균 독서량이 올라갈지도 몰랐다.

*　　　　　*　　　　　*

이우민 문화훈장 수여 천만 서명 운동.

D포털 사이트에서 벌어진 청원 운동에 벌써 3만 명이 넘는 사람들이 참여했다.

작가를 넘어선 위인 취급에 손석민은 '노벨상'이라는 단어를 머릿속에 떠올렸다.

'정말 받을지도 모르겠어. 휴우…….'

이제는 자신도 감당하기 힘들 정도로 커버린 우민이 약간 버겁게까지 느껴졌다.

'그래도 할 일은 해야지.'

사무실로 돌아오니 개발자에게 요청했던 외국 접속자에 대한 상세 리포트가 도착해 있었다.

해외 트래픽 대량 발생 건 상세 조사 결과.

해외에서 발생되는 트래픽의 70% '아이돌 천마' 집중.

나머지 30%의 대부분이 '떨어진 달'에 집중.

상식적으로 우민은 미국 CNN에서도 취재를 올 정도로 유명 인물이기에 이해가 갔다. 하지만 '아이돌 천마'를 쓰는 이우철 작가의 작품을 보기 위해 중국에서 접속한다?

이해되지 않는 현상에 손석민이 보고서의 다음 부분을 읽어나갔다.

아이돌 천마에 머무르는 시간 10초 내외.
트래픽 발생이 일정 주기로 일어남.
동일 아이피, 개별 아이디에서 트래픽 발생.

객관적인 사실들이 말해주는 결과는 하나였다. 누군가 순위를 올리기 위해 해외에서 접속하여 트래픽을 발생시키고 있다.

"증거가 없으니… 제재를 할 수도 없고……."

덕분에 비록 허수이긴 하지만 가입자가 늘고 있다는 긍정적인 효과도 있었다.

이제 곧 영미권과 아시아 쪽에서는 중국, 일본에도 사이트를 론칭하기 위해 준비하고 있었다.

시기는 우민의 '떨어진 달' 해외 출판일과 맞출 예정.

손석민의 고민이 깊어졌다.

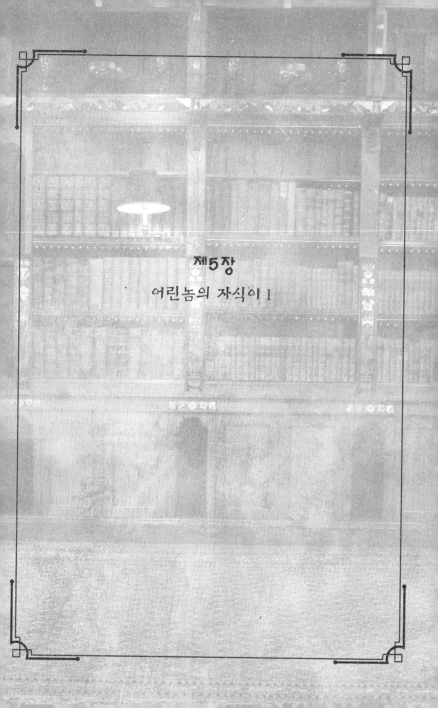

제5장

어린놈의 자식이 I

마지막 방송 시청률을 확인한 서성모가 앞에 놓여 있는 위스키를 한 모금 머금었다.

"와, 진짜 20% 찍었단 말이야?"

두 눈으로 보고 있으면서도 믿기지가 않는 수치였다. 근래 지상파 방송에서도 보기 힘든 숫자였다.

"우리 드라마는 10%는 될 수 있을까… 재작년에 찍은 것도 5%대로 종영했는데……."

달동네 아이들로 일약 스타덤에 올라 한동안은 승승장구해 나갔다. 이후 몇 번의 역변을 거치면서 기존의 팬들이 떨어져 나가고 새로운 팬들이 유입되었다.

연기력 논란도 겪지 않고 성인 연기자가 되었지만 그게 다였다.

최정상급은 아니지만 그래도 이름만 대면 누구나 알 만한 스타. 그러나 달동네 아이들 이후 이렇다 할 작품이 없었다.

"책도 대박 나고, 부럽다……."

방송에서만 잘나가는 게 아니었다. 얼마 전 출판한 책은 없어서 못 팔 지경이라는 소식이 심심치 않게 들려왔다.

십 년이면 강산도 변한다는데, 우민은 강산이 아닌 태산이 되어 있었다.

드르륵.

위스키 병 옆에 놓아둔 핸드폰이 울렸다.

"어, 형. 왜."

벌써 몇 년을 함께한 사이. 이제는 매니저가 아니라 형이라 불렀다.

―너 이번에 새롭게 론칭하는 예능 출연하는 거 있잖아.

"M방송 욜로 라이프?"

―그래, 거기서 연락이 왔는데 욜로 라이프 중에 우연히 친구 만나는 걸로 해서 혹시 이우민 작가 섭외되냐고 물어보네.

갑자기 술기운이 확 올라왔다.

"아니, 섭외를 왜 나한테 물어봐."

약간 짜증 섞인 말에 매니저가 진정하라며 다독였다.

─섭외가 잘 안 되나 봐. 그쪽이 요즘 워낙… 너도 잘 알잖아, 이 바닥. 인기 많으면 장땡인 거.

서성모는 안 될 걸 알면서 괜한 투정을 부려보았다.

"내 인기는? 나 정도면 단독 게스트 해줘야 하는 거 아냐?"

이럴 때 어떻게 대응해야 하는지 매니저는 수년 동안 몸으로 체득했다.

─물론 그렇지. 그런데 요즘은 떼거지 출연이 유행인 거 너도 알잖아. 그래서 진짜 어렵게 부탁하더라.

"아무리 그래도 그렇지."

─드라마 방송 전인데 우리도 같이 힘써줘야지.

"……"

주도권을 잡았다고 생각했는지 매니저가 냉철한 말을 쏟아냈다.

─이번 드라마도 10% 못 넘으면 앞으로 더 힘들어진다.

서성모 자신이 누구보다 잘 알고 있었다. 겉으로 내색하고 있지는 않지만 인기가 떨어질까 항상 불안했다.

그 불안감이 차츰 현실화되고 있어 이제는 두렵기까지 했다. 침묵하고 있는 서성모에게 매니저가 말을 이었다.

─그 이우민 작가 때문에 너랑 같이 시작한 유민아는 이제 할리우드 스타 됐잖아. 혹시 또 알아. 이번 기회에 너도 할리

우드 진출하게 될지?

매니저는 계속해서 연락해야 할 이유를 만들었다. 그런 이유가 많을수록 서성모가 연락하게 될 확률이 높았다.

―지난번에도 방송국에서 마주쳤을 때 너한테 먼저 인사했잖아.

서성모가 침묵을 깨고 말했다.

"알았어. 한번 연락해 볼게. 크게 기대는 하지 마. 걔가 내 말 들을 애는 아니라서."

―알았다. 일단 액션이라도 취해봐. 그래야 나도 '욜로 라이프' 쪽에 얘기할 게 있으니까.

전화를 끊은 서성모가 핸드폰 연락처를 뒤적거렸다. 90번 쯤 넘어가자 '이우민'이라는 이름 석 자가 보였다.

*　　　　　*　　　　　*

전화를 걸고 간단한 안부 인사를 나눈 뒤.

서성모는 혹시나 하는 마음으로 물었지만 반응은 역시나였다.

―내가? 왜?

"너… 너랑 나랑 치, 친했잖아."

―그랬어? 언제?

단호한 우민의 말에 서성모는 당황스러움을 금치 못했다. 그래도 옛정이 있는데 이렇게까지 반응할 줄은 몰랐다.

　"드, 드라마도 같이 찍고, 어, 얼마 전에 방송국에서 만났을 때 이, 인사도 했잖아."

　ー우리 딱 그 정도 사이잖아. 만나면 그냥 인사하는 사이?

　예전부터 그랬다.

　이 녀석과 대화를 나누다 보면 평소 자신감 있는 모습은 사라지고, 쩔쩔매게 된다.

　그래서 되도록이면 연락하고 싶지 않았다.

　"그, 그렇기야 하지."

　ー더구나 형 '욜로 라이프' 메인 PD 중 한 명이 누군지 알고 있는 거야?

　"저, 정재홍 피디님이잖아."

　ー그걸 알면서도 거길 출연한단 말이야?

　갑작스레 열을 내며 하는 말에 서성모는 한층 더 말을 더듬거렸다.

　"그, 그게 왜. 뭐, 무, 문제 이, 있나."

　ー이 형이 아직 그 피디의 실상을 모르나 보네… 흠, 안 되겠다.

　잠시 생각을 하던 우민이 방송에 출연하겠다며 대략 어떤 내용을 담을지 대화를 하고 싶으니 제작진과의 만남을 주선

해 달라고 했다.

갑작스러운 태도 변화가 영 찜찜했지만 서성모는 순순히 수락했다. 지금 절박한 건 우민이 아닌 자신이니까.

$$*\qquad*\qquad*$$

방송 작가들 세계에도 등급이 있다.

메인.

서브.

막내.

그중에서 막내 작가가 하는 일은 각종 자료 조사 및 온갖 잡일.

그래서 잡작가라 불리기도 한다.

"야, 막내. 이우민 작가님 자료 조사한 거 어디다 뒀어? 내가 책상 위에 정리해서 올려놓으라고 한 말 못 들었어?"

짜증 섞인 서브 작가의 말에 막내 작가인 박하율이 어쩔 줄을 몰라 하며 식은땀을 흘렸다.

"죄, 죄송합니다. 다시 뽑아 오겠습니다."

"됐고, 정 피디님이 음료 사놓으라니까 빨리 가서 회의실에 음료 세팅해 놔. 오늘 오는 분이 누군지 알지? 만약 섭외 무산되면 우리 다 잘릴 각오해야 된다."

서브 작가의 엄포에 놀란 박하율이 서둘러 1층 커피숍을 찾았다. 정신없이 주문을 하는 와중에 누군가 어깨를 '툭' 건드렸다.

"서, 선배!"

"야, 그냥 언니라고 부르라니까."

박하율이 험난한 방송 생활에서 유일하게 속마음을 터놓고 말할 수 있는 사람 중 한 명이었다.

"뭐, 뭐예요, 선배. 방송국 나갔다는 말까지는 들었는데. 다시 프로 시작하는 거예요?"

"아, 그건 아니고. 오늘은 누구 좀 따라왔어. 너는 아직도 음료 심부름?"

박하율이 어색하게 웃어 보였다.

"저야 뭐, 그렇죠."

"정재홍 그 새끼는 아직도 버릇 못 고쳤지?"

"…어쩔 수 있나요."

"하아… 돈이라도 제대로 주든가. 하루에 14시간씩 일 시키고 겨우 백만 원 주면서 일은 오질나게 시켜요."

송민영이 화를 누르지 못하고 씩씩거리며 소리쳤다. 둘이 있는 곳은 방송국 안 커피숍.

방송 관계자들이 토끼 눈이 되어 둘을 바라보았다.

"어, 언니."

"왜 내가 못할 말 했니."

주변을 두리번거리며 눈치를 살피던 박하율이 얼른 픽업대에 나온 음료를 집어 들었다.

"자세한 이야기는 나중에 해요. 저 이거 가져다 놔야 해서요."

"우리 막내 잡작가 바쁜 거야 내가 제일 잘 알지. 고생이 많다."

"히힛, 그래도 오랜만에 방송국에서 언니 보니까 기분은 좋네요. 꼭 연락해요."

음료를 들고 뛰어가는 박하율을 송민영이 씁쓸하게 바라보았다.

그런 송민영의 뒤로 어느새 우민이 나타나 있었다.

"옛 생각나세요?"

"꼭 그런 것까지는 아니지만… 그냥 안쓰럽기도 하고……."

"제가 경험한 미국 작가들도 막내의 삶은 고달팠습니다. 하지만 다른 게 있었죠."

송민영은 귀에 못이 박히도록 들었다.

"작가 협회의 힘이라면 충분히 이해했습니다."

"작가님도 뉴스를 보셨으면 알 거예요. 미국 방송을 멈춘 작가들. 우리라고 되지 말라는 법 있나요?"

"……."

"하하, 오늘은 '욜로 라이프'만 먼저 멈춰보죠."

우민의 뒤를 따르던 송민영은 그가 무슨 생각을 하는지 도무지 알 수가 없었다.

이런 고민을 우민의 에이전트이자 출판사 사장인 손석민에게도 물었던 적이 있었다.

"그냥 따라가 보면 안다."

당시에는 궁금해도 궁극적으로는 모두 잘 풀렸다는 것이 답이었다.

*   *   *

정재홍은 거만하게 앉아 있는 우민을 바라보며 어쩔 줄을 몰라 했다. 말투는 한없이 공손했다.

"그러니까 옆에 송 작가에게 그간의 일을 사과하면 방송에 출연해 주시겠다는 말씀입니까?"

앞에 놓여 있던 커피를 한 모금 마신 우민이 대답은 하지 않고, 회의실의 한쪽 끄트머리에 앉아 있는 막내 작가 박하율에게 말했다.

"커피 잘 먹을게요."

우민의 인사에 박하율이 발그레 볼을 붉혔다. 다른 여자 작가들이 흘깃 눈을 흘겼지만 잠시였다.

"정확히는 출연하겠다가 아니라, 출연을 고려해 보겠다는 겁니다."

으득.

정재홍이 꾹 다문 입술 사이로 이를 갈았다. 새롭게 론칭한 예능 '욜로 라이프'가 초반 흥행 몰이를 하기 위해서는 눈앞의 저 인간이 꼭 필요했다.

자존심은 잠시 접어야 한다. 이럴 때는 웃어야 한다.

"하하, 송 작가가 저에게 섭섭한 게 많았나 봅니다. 일할 때 최대한 잘해준다고 했는데……."

그러면서 흘깃 송민영을 바라보았다. 일순 둘의 눈이 마주쳤다.

"섭섭한 게 있었다면 내가 사과하지."

"썩 만족스럽지는 않지만 받아들일게요."

송민영의 반응에 정재홍의 웃음소리가 커졌다.

"하하하, 역시 마음이 넓어. 이래서 내가 자네를 좋아한다니까."

정재홍이 시선을 돌려 우민을 바라보았다.

"최대한 모든 조건을 맞춰 드리겠습니다. 물론 방송 편의도 최대한 봐드립니다. 혹시나 책 홍보를 원하시면 최대한 시간을 할애하겠습니다."

홍보라는 말에 우민이 콧방귀를 뀌었다.

"이런 방송에서 홍보하지 않아도, 이미 수십만 권이 팔렸습니다."

당장 인터넷만 뒤져봐도 나오는 사실에 정재홍이 얼굴을 구겼다. 이렇게 거만하게 나올 줄은 상상도 하지 못했다. 그래도 최대한 미소를 유지했다.

"하하, 그러면 저희가 어떻게 해드리면 될지……."

우민이 잠시 생각에 빠졌는지 팔짱을 끼고 눈을 감았다. 함께 자리에 동석해 있던 서성모가 안절부절못하며 우민을 바라보았다.

'설마, 그렇게까지 할까.'

이미 이곳에 오기 전 우민으로부터 언질받은 게 있었다.

"어떤 일이 일어나도 내 말을 따라줘. 그러면 내 차기작에 주인공까지는 아니더라도 비중 있는 배역을 줄 테니까."

매니저와 상의해 보니 무조건 그의 말을 따르라고 했다. 예전처럼 방송가 피디가 절대적인 힘을 휘두르는 시대가 아니다. 지상파가 아니면 종편에 출연해도 될 일.

중요한 건 어디에서가 아니라, 무엇을 하느냐.

눈을 감고 있던 우민이 천천히 눈을 뜨고 입술을 움직였다.

"담당 피디를 바꿔주세요. 그러면 출연하겠습니다."

정재홍은 자신이 잘못 들었다고 생각했다.

"네?"

"피디 바꾸라고요."

잘못 들은 게 아니었다. '욜로 라이프'는 자신이 기획부터 참여하여 만들어낸 야심작. 그게 아니더라도 자신이 이런 말도 안 되는 소리를 들어야 할 이유는 없다.

처음부터 할 생각이 없었던 거다. 참고 있던 분노가 폭발했다. 정재홍이 회의실 탁자를 두 손으로 거세게 내리치며 자리에서 일어났다.

"오냐오냐하니까 눈에 뵈는 게 없는 모양이지? 아무리 방송사 피디의 권위가 바닥에 떨어졌다지만, 너 같은 애송이가 이렇게 안하무인격으로 행동해도 될 정도는 아니야!"

"협상 결렬인가요? 형 뭐 해, 나가자."

"어? 어어."

이번에는 송민영이 박하율의 손을 잡았다.

"하율아, 이런 데 있지 말고 언니랑 같이 가자."

회의실에서 벌어지는 어이없는 상황에 정재홍의 두 눈에 시뻘건 핏발이 솟아올랐다.

출연자에 이어 작가까지?

"박하율 작가, 같이 나가면 방송사에 발도 못 붙일 줄 알아. 명심해."

정재홍 피디의 협박에 우민이 웃으며 말했다.

"하하, 정 피디님이 그럴 힘이나 있으세요? '욜로 라이프'는 다음 화 나가고 종영될 텐데. 아직 못 들으셨나 보네요."

"무, 무슨 말도 안 되는 소리를……."

"어서 CP님께 전화해 보세요. 어떻게 된 건지 자세히 설명해 주실 테니까."

정재홍이 무서운 속도로 회의실을 박차고 나갔다. 어안이 벙벙한 서성모는 그저 멍하니 우민을 바라볼 뿐이었다.

'무서운 놈.'

속으로 한 이야기를 결코 밖으로 꺼내지도 않았다.

* * *

정재홍이 콧김을 씩씩 뿜어내며 국장실 문을 열어젖혔다. 눈이 마주친 국장은 정말 그가 온다는 것을 미리 예상이라도 한 듯 정재홍을 보며 태연하게 말했다.

"정 피디 왔어? 그렇지 않아도 할 말이 있었는데 잘됐군. 이리 앉지."

정재홍이 더 들어볼 것도 없다는 듯 고함을 질렀다.

"국장님! 어떻게 이럴 수가 있습니까!"

"뭐가."

"제 프로 다음 주에 종영한다는 말. 어떻게 그럴 수가 있냐고요."

"그러니까 그게 말이야, 어떻게 된 거냐면……."

이번에도 정재홍이 말을 자르고 들어왔다.

"국장님!"

국장실 밖에까지 들리는 고성에 지나다니는 사람들이 눈을 흘깃거렸다.

참고 듣던 국장도 인내심이 한계에 달했는지 주먹으로 책상을 내려쳤다.

"그래, 내가 국장이다! 이 새끼가 누가 국장 앞에서 이렇게 함부로 행동하래!"

불같이 화를 내자 정재홍이 약간 수그러들었다.

"구, 국장님."

"자네 능력 있는 거 잘 알아. 매번 시청률도 평타 이상 치는 거 위에서도 인정하는 분위기고."

정재홍은 도무지 이해가 가지 않았다. 그런데 왜, 왜 이런 일이?

"그런데 자네보다 더 시청률이 잘나오는 사람이 있어."

"아무리 그래도 그렇지 왜 하필이면 제 프로를……."

"아무리 사장님이 아낀다지만 너무 설쳤어. 자네 뒷말이 얼마나 많은 줄 아나? 비바람이 몰아칠 땐 피해 갈 줄도 알아야지. 시대가 바뀌었어."

국장이 말을 이어갈수록 정재홍이 입술을 꽉 깨물었다. 화가 머리 꼭대기까지 솟아올라 귀에서 이명이 들렸다.

베어 문 입술에서 비릿한 피 냄새가 났다.

"이미… 결정된 겁니까?"

"그래. 이우민을 메인 작가로 해서 이 피디가 새롭게 들어갈 거야."

"아무리 이우민이 인기가 많다지만… 이건 아니지 않습니까."

국장은 더 이상 말로 하지 않고 들고 있던 핸드폰을 책상 위에 내려놓았다.

─으하하하, 야, 막내 와서 술 한 잔 따라봐.

─이번에도 시청률 잘나오는 거 봤지? 나만 따라와. 응?

─아 이 ×발, 내가 뭐 했냐? 왜 이렇게 옆으로 피해.

핸드폰을 집어 든 국장이 쐐기를 박았다.

"사진도 보여줄까?"

으득.

정확하진 않지만 어렴풋이 기억났다.

'송민영 이년이⋯⋯.'

시청률 잘 나와서 기분 좋아 술 한 잔 마신 게 뭐가 그리 잘못됐단 말인가. 누구 덕분에 밥 벌어먹고 사는 건데!

"당분간 지원 나가서 자중하고 있어. 언론에 새어나가면 어떻게 될지 네가 더 잘 알 거 아냐."

국장의 말에 정재홍은 고개를 수그린 채 나올 수밖에 없었다.

*   *   *

서성모는 정신을 차릴 수가 없었다. 흉악한 표정으로 자신을 노려보며 나간 정재홍 피디. 한껏 의자를 뒤로 누인 채 여유롭게 커피를 마시고 있는 우민.

그리고 작금의 사태에 바짝 긴장한 스태프들.

'정신 차리자. 여기서 까딱 잘못했다가는 방송국에서 매장당한다.'

정재홍의 말대로 피디의 권위가 많이 떨어졌지만 그래도 피디다. 그들에게 밉보이는 순간 섭외는 줄 것이고, 그건 곧 밥줄이 끊긴다는 걸 뜻한다.

톱스타의 문턱에 걸쳐 있는 자신은 특히나 조심해야 한다.

벌컥.

"으악!"

문이 열리는 소리에 소스라치게 놀란 서성모가 비명을 지르며 뒤로 넘어졌다.

갑작스러운 소란에 우민이 측은한 눈빛으로 서성모를 바라보았다.

"형, 괜찮아. 새로 온 피디님이셔."

넘어진 채로 주변을 살피던 서성모가 황급히 자리에서 일어났다.

"그, 그래."

사람들이 다 모인 걸 확인한 우민이 입을 열었다.

"그럼 모일 사람들은 다 모인 것 같은데, 회의를 진행할까요?"

그 자리의 주인공이 말하자 모두가 일사불란하게 움직였다.

서성모는 마치 꿔다 놓은 보릿자루처럼 자리를 지켰다. 딱히 자신이 할 수 있는 일도, 할 말도 없었다.

우민은 베테랑 피디, 작가들 틈에서 한 치의 밀림도 없이 오히려 그들을 리드하고 있었다.

코흘리개 꼬맹이 적 기억이 전부였지만 서성모는 지금의 모습이 전혀 어색하지 않았다.

'어릴 때도 저랬지.'

'달동네 아이들' 드라마를 찍을 때였다. 마음에 들지 않는 장면이 있으면, 자신의 생생한 묘사력의 원천은 이미 머릿속에 생각해 둔 장면이 있었기 때문이라며 담당 피디와 치열하게 논쟁했다. 대부분의 결과는 우민의 승리.

이제는 다툼의 여지도 보이지 않았다.

네.

맞습니다.

그렇게 하면 되겠네요.

대본이 정말 찰지네요. 대화가 딱딱 맞아떨어집니다.

우민이 가져온 대본에 어떠한 트집도 잡지 않았다. 마치 앵무새라도 된 양 우민이 하는 말을 따라 하기에 바빴다.

오로지 찬양 일색.

'이제는 그냥 압도하는구나……'

그저 우민의 말을 경청하는 것이 다였기 때문인지 회의는 금세 끝으로 향해갔다.

멍하니 구경을 하고 있던 서성모는 어느 순간 자신에게 쏠려 있는 시선에 눈을 굴렸다.

"왜에……"

"첫 출연자이신데 괜찮으시겠어요?"

"네?"

"시골이나 시장통에서 할아버지 할머니들, 아니면 아주머니들이랑 대화를 나누셔야 하는데 잘할 수 있으시겠죠?"

서성모는 멍하니 지켜보았던 회의의 내용이란 사실을 알아차렸다.

해야 한다고 해야 하나. 말아야 하나.

갈등은 잠시.

우민이 이곳에 오기 전 했던 말을 떠올렸다.

뭐든지 한다고 하면 된다.

"네. 그렇게 하죠."

별일 아닌 것처럼 말했으나 서성모는 회의실 문을 열고 나서는 순간 후회해야 했다.

＊　　　　＊　　　　＊

서성모는 아무리 생각해도 자신이 없었다.

"야, 내가 어떻게 아줌마, 아저씨들이랑 친근하게 대화를 해. 나 그런 거 젬병이야."

"형 연기도 그렇게 할 거야? 못해서 안 하고, 안 맞아서 안

하고. 형이 왜 톱 근처까지 갔으면서 톱이 되지는 못하는 줄 알아?"

"그, 그 얘기가 지금 왜 나오냐."

"연기력. 형의 어중간한 연기력이 대중들로 하여금 극의 몰입감을 떨어뜨리고 있기 때문이잖아."

우민의 강한 질책에 서성모는 입을 꾹 다물었다.

"내가 이런 말 해주는 것도 다 형 잘되길 바라는 마음에서 하는 말이야. 형도 알지? 내가 얼마나 바쁜 사람인지?"

옆에 있던 서성모의 매니저도 우민의 말에 귀를 기울였다.

"여기 프로그램 기획도 해야 되고. '떨어진 달' 할리우드에서 영화로 만들자는 제의 들어온 거 검토도 해야 돼. 그리고 사이트 론칭한 것도 봐야 되고. 그런데도 형 때문에 여기까지 와서 이렇게 시간을 쓰고 있다고."

순간 서성모의 입이 앞으로 댓 발 튀어나왔다.

'정확히는 나 때문이 아니라, 네 작가 그룹 일 때문이잖아'라고 말하고 싶었지만 금세 반격당하고, 설득당할 걸 경험으로 알고 있었다.

"그러니까 알았지? 이거 잘만 되면 형 바로 톱으로 올라가는 거야. 알잖아. 내가 손대서 다 대박 난 거."

꿀꺽.

서성모가 마른침을 삼켰다. 알고 있기 때문에 더 이상 아무 말도 하지 않은 것이다.

그렇지 않았다면 진작에 때려치웠을 것이다.

더구나 할리우드에서 온 제안이라니… 말을 잘 들어야 할 이유가 하나 더 생겼다.

"그… 할리우드… 혹시 나한테도 기회가 있을까?"

"형 하는 거 봐서."

"진짜 열심히 해볼게."

서성모가 두 주먹을 불끈 쥐고 눈에서 불꽃을 튀겼다. 옆에서 보는 매니저도 처음 볼 정도로 의욕적인 모습이었다.

서성모를 내버려 둔 우민이 손석민이 대기하고 있던 차에 올랐다.

"작가 그룹 사무실로 가주세요."

"그 전에 이걸 네가 좀 봐야 할 것 같다."

손석민이 개발 팀에게서 올라온 보고서를 내밀었다.

제목은 '해외 트래픽 발생 원인 분석'.

보고서를 읽어 내려가던 우민이 혼잣말을 중얼거렸다.

"미꾸라지 한 마리가 물을 흐린다더니."

*　　　　　*　　　　　*

모니터를 보고 있던 이문철이 마우스를 집어 던졌다.

퍼벅.

바닥에 부딪친 무선 마우스가 산산조각이 나며 사방에 흩어졌다.

"이 어린놈의 자식이!"

《알림》

해당 작품은 현재 확인되지 않은 해외 트래픽을 다량 발생시키고 있습니다. 이에 사이트에서는 1차적으로 해외에서 반복적으로 접근하는 아이피를 차단하였습니다.

작가님께 해당 사항을 알려 드립니다.

감사합니다. 항상 노력하는 '소설닷컴'이 되겠습니다.

해외에서 접근하는 아이피를 차단하겠다는 알림.

어쩐지 근래 조회 수가 조금씩이지만 천천히 떨어지고 있었다. 최상위권에 머물던 자신의 작품 순위도 10위에 간신히 턱걸이하고 있었다.

"내가 그만큼 벌어다 줬으면 일을 똑바로 해야지. 배 사장이 자식은 일을 어떻게 처리하기에 이런 쪽지가 날아오게 만들어."

쪽지를 읽고 난 화가 풀리지 않는지 옆에 놓여 있던 물을 벌컥거리며 마셨다.

"이런 유치하기 그지없는 소설이 1등이라니 이 사이트도 곧 망하겠구면."

이문철은 애꿎은 작품에다 화풀이를 했다.

현재 1등을 차지하고 있는 작품은 전석영이 쓴 '들리지 않아도'로 우민 덕분에 가입한 여자 회원들의 전폭적인 지지를 받고 있는 작품이었다.

씩씩거리던 이문철이 담뱃불을 붙였다. 길게 한 모금 들이쉬고 나서야 신경이 가라앉았다.

"이 자식은 중국 진출하게 해주겠다고 말은 번지르르하게 해놓고선 도대체 연락도 없고."

배성균 탓을 하던 이문철이 핸드폰을 들어 자신에게 온 쪽지 내용을 설명했다. '네네'거리면서 듣고는 있지만 귀찮아하는 기색이 역력했다.

급기야 그게 왜 자신들의 책임이냐며 항의하는 말투였다.

ㅡ작가님, 이건 저희가 일을 제대로 처리하지 못한 게 아니라 사이트 쪽에서 일을 똑바로 처리한 겁니다. 다른 작가들도 이런 방식으로 조회 수를 올릴 수 있으니 막는 게 어쩌면 당연한 거지요.

배성균이 쉴 틈을 주지 않고 말을 이었다.

ㅡ공정한 경쟁, 투명한 운영. 얼마나 좋은 환경입니까. 작가님 실력이면 저는 분명히 1등을 해서 우승하실 거라 믿어 의

심치 않습니다. 무료 베스트 순위야 무슨 의미가 있겠습니까. 결국은 유료 연재에서 승패가 갈려지지 않겠습니까.

어르고 달래고.

배성균은 능숙하게 이문철을 상대해 나갔다. 별 소득 없이 전화를 끊은 이문철은 다시 사이트에 세컨드 아이디로 접속해 작가의 멘탈을 부숴 버릴 수 있는 설정 오류, 인물 표현, 이야기 전개에 대한 수 개의 댓글을 달았다.

—작가님, 인물들이 너무 평면적이네요. 어떻게 아이를 잃은 주인공이 저렇게 웃을 수가 있을까요? 어머니의 마음을 아시기는 한 건지…….

—10화에서 최보람은 대학교 1학년이었는데 21화를 보니 2학년으로 되어 있네요… 이런 기본적인 사항은 지켜주셨으면…….

원색적인 비난보다는 이런 정확한 지적이 작가의 가슴을 더 후벼 파는 법이다.

"후후, 작가의 마음은 작가가 가장 잘 아는 법이지. 나 같은 프로야 이런 댓글 따위에 흔들리지 않지만. 어?"

자신보다 순위가 높은 글들에 댓글을 달고 나서 다시 자신이 올린 '아이돌 천마'를 살펴보았다.

그런데 어쩐지 조회 수가 갑자기 '확' 올라 있었다.

"뭐지, 이건."

댓글을 보니 이우민 작가의 비평 글을 보고 찾아 왔다는 내용이 수두룩했다. 이문철은 마우스를 움직여 '작품 비평' 게시판을 찾아가 보았다.

〈아이돌 천마. 트렌드를 쫓다가 개성을 잃어버린 글〉

"이 어린놈의 새끼가 누구 글을 비평한다는 거야!"

두 번째 마우스가 산산조각이 나며 흩어졌고, 글을 읽기 위해 이문철은 할 수 없이 새 마우스를 서랍에서 꺼내 연결시켰다.

*　　　　*　　　　*

전석영의 타자 치는 손이 떨려왔다.

"……"

수도 없이 고치고 다시 써보았다. 그러나 마음에 들지 않았다. 머릿속에서는 '철우'라는 독자가 남긴 댓글이 떠나질 않았다.

—개성 없는 인물들의 대화. 곧 산으로 갈 작품.

—남자가 쓰는 로맨스의 전형적인 클리셰들이 범벅되어 있네.

그저 '노잼', '질질 끈다' 이런 원색적인 비난이었다면 이렇게 까지 신경 쓰이진 않았을 것이다.

하나같이 예전부터 고민되던 것들.

"어떻게 해야 인물들의 개성이 더 잘 드러날까……."

몇 자 대화를 적은 전석영이 다시 글을 지웠다. 남들은 부러워할 만한 K대. 문학이 좋아 국어국문학과에 진학했지만 그게 전석영의 발목을 잡고 있었다.

"내일 과제도 내야 하는데… 맞춤법까지 고치려면 휴우……."

빠르게 소비되는 장르 문학의 특징상 어느 정도 그냥 넘어가야 하는 부분도 있어야 하건만 전석영은 그러질 못했다.

내용의 완성도가 채워지고 나면 맞춤법을 한 자, 한 자 검사했다. 그런 노력이 있었기에 1등을 할 수 있었지만 또 이런 노력 때문에 처음으로 휴재를 해야 할 상황까지 왔다.

"아, 어떡하지……."

벌써 시간은 밤 8시를 넘어가고 있었다. 연재 시간은 밤 11시. 그러나 여전히 글은 마음에 들지 않았다. 더 재밌게 쓰고 싶다는 생각에 또다시 몇 문단을 적어 내려갔다가 백 스페이스바를 연타했다.

"하아……."

폐부 깊숙한 곳에서 긴 한숨이 흘러나왔다. 이제 비축분은 바닥이었다. 오늘도 쓰지 못한다면 휴재를 해야 한다.

"젠장……."

몇 번의 한숨을 쉬고 방 안을 이리저리 돌아다니길 수차례. 이러다간 글도 올리지 못하고 과제도 제출하지 못할 것 같은 불안감에 더욱 초조해지기만 했다.

전석영이 결국 자리에서 일어났다.

*　　　　*　　　　*

평범한 대학생인 최유진의 하루 일과는 웹소설 사이트에 접속하는 걸로 시작한다.

주로 N포털을 이용했지만 최근 론칭한 '소설닷컴'에 최유진을 사로잡는 글이 있었다.

자신을 웃고, 울리며 재미와 감동을 주는 통에 작품에 흠뻑 빠져 있었다.

"어?"

그런데 뭔가 이상했다. 새 글이 올라오면 NEW 표시가 있어야 하는데 보이질 않았다.

"휴재?"

그리고 보이는 공지사항.

〈작가의 개인적인 사정으로 하루 휴재합니다〉

"쩝."

입맛을 다신 최유진이 공지사항에 댓글을 달았다.

—작가님 화이팅! 푹 쉬시고 오늘 저녁에는 꼭 올려주세요!

그렇게 또 하루가 지났다. 오늘은 올라왔나 하고 접속해 보았지만 새 글은 올라와 있지 않았다.

이제는 힘내라는 댓글보다는 자신의 기대를 배반하는 작가에 대한 안 좋은 감정이 차츰 생기기 시작했다.

"도대체 글을 왜 안 올리는 거야."

이해가 되질 않았다. 매번 잘 올라오던 글이 왜 안 올라올까? 마음 같아서는 작가의 집에 찾아가 물어보고 싶었다.

그래서일까.

게시판에 다는 댓글에 좋은 말만 나오질 않았다.

*   *   *

손석민이 의아한 표정으로 소설닷컴 게시판을 살폈다. 아무리 보아도 요 며칠 사이 순위권에 있어야 할 글이 보이지 않았다.

"무슨 일이 있나."

손석민은 미리 확보해 둔 연락처로 전화를 걸어보았다.

―아, 안녕하세요. 대표님.

힘 빠진 목소리.

손석민이 출판계에서 상대한 작가만 백여 명이 넘어간다. 목소리만으로 이 작가가 지금 무슨 일을 겪고 있는 건지 알 수 있었다.

"작가님, 혹시 글 막히셨나요?"

―…….

수화기 너머에서 아무런 말도 들려오지 않았다. 자신의 생각이 맞았다. 이대로 두었다가는 유료로 넘어가 보지도 못하고, 작품을 접는 사태가 올 수도 있다.

신인 작가들이 수시로 겪는 현상이었다. 의욕적으로 시작하지만 소재거리는 점차 떨어지고, 실망하는 독자들의 반응을 보며 더욱 글이 나오질 않는다.

"그러면… 우민이가 만든 작업실 주소 아시죠?"

죄라도 지은 양 전석영의 목소리가 한없이 기어들어 갔다.

―네에…….

"거기로 가세요. 거기가 원래 작가들 글 쓰라고 만든 공간입니다. 우민이 아직 말을 안 한 것 같은데 석영 씨 자리도 있을 겁니다."

지푸라기라도 잡고 싶던 심정의 전석영이 통화를 마치고 자리에서 일어나 급히 자신의 2㎏이 넘어가는 자신의 고물 노트북을 집어 들었다.

*　　　　*　　　　*

가로수 길 근처 단독주택.

겉으로 보이기에는 옛날에 지어진 벽돌집에 불과했다. 그러나 안으로 들어가자 눈이 휘둥그레해졌다.

최신식 컴퓨터와 모니터가 각 책상 위에 올려져 있었고, 내부 인테리어는 너무 밝지도, 그렇다고 너무 어둡지도 않게 '은은하다'라는 느낌을 주었다.

이곳에 앉아 있으면 절로 글이 써질 것 같았다.

도착해 내부를 두리번거리던 전석영에게 우민이 자리를 안내해 주었다.

"석영 씨 자리는 저쪽이에요."

붉은 기가 도는 머리칼을 가진 미모의 여성이 앉아 있는 곳에서 대각선 방향. 자신의 자리 옆에서는 이미 어떤 여자가 격렬하게 키보드를 두드리고 있었다.

'일부러 남자 2명에 여자 2명 맞춘 건가.'

잡생각도 잠시였다.

"글이 잘 안 써진다고 들었는데 맞나요?"

"네……."

글을 생각하자 다시 주눅이 들었다.

"그럼 일단 앉아서 써보세요. 제가 하던 거 마저 마치고 봐
드릴게요."

전석영이 들고 왔던 가방을 내려놓고 자리에 앉았다. 두 여
자는 뭐가 그리 바쁜지 모니터를 보느라 정신이 없어 자신에
게 눈길 한 번 주지 않았다.

타닥. 타다닥. 타닥.

원래라면 연속적으로 들려야 할 기계식 키보드의 소리가
멈추기 일쑤였다.

가끔씩 머리를 부여잡고, 괴로운 표정으로 의자 등받이에
기대 있는 모습을 보니 뭐가 잘 풀리지 않는 모양이었다.

'벌써 3일째 휴재를 하고 있다더니 글쓰기가 힘든 모양이
네.'

손석민의 말을 듣고 사이트를 들어가 전석영의 작품을 살
펴보았다. 작가가 올린 공지사항에는 점점 작가를 성토하는
글이 늘어나는 중이었다.

'어제부터는 아예 공지도 올리지 않고 있어.'

공지에 달리는 독자들의 성난 댓글을 보는 것이 두려울 것이다. 비록 자신이 경험한 적은 없지만 머리로 이해가 갔다.

우민이 자리에서 일어나 전석영에게 다가갔다.

모니터를 보니 커서는 중간쯤에서 깜박이고 있었고 화면은 텅 비어 있었다.

"글이 잘 안 풀려요?"

머리를 부여잡고 있던 전석영이 뒤를 돌아보았다. 먼저 도움을 청하고 싶었으나 바빠 보여 쉽게 다가가질 못했다.

전석영이 미친 듯이 고개를 끄덕이며 궁금했던 것을 물어보았다.

"혹시… 작가님도 '내 글 구려 병'에 걸린 적 있으세요?"

우민이 헛웃음을 터뜨렸다.

"하하, '내 글 구려 병'이라. 그런 병도 있어요?"

"그냥 어느 순간 내가 쓴 글이 재미가 없어지고, 다음 이야기도 생각이 안 나는 그런 상태를 그렇게 부르더라고요. 제가 지금 딱… 그 상태예요."

"흐음……."

어떤 말을 해야 할까. 잠시 고민을 하던 우민이 이내 입을 뗐다.

"그래서 공지도 올리지 않고, 휴재를 하고 있는 건가요? 고작 내 글 구려 병 때문에?"

우민의 질책에 전석영이 고개를 푹 숙였다. 우민은 1등을 하고 있으면서도 왜 자신감을 갖지 못할까 의문스러웠다.

그래도 이럴 때 어떤 말을 해주어야 할지는 알 것 같았다. 구리든 말든 일단 써야 한다.

"제대로 쓰려 말고, 무조건 써라. 제임스 서버."

"……"

"작가로서의 삶을 시작하는 사람들에게 글쓰기 재능을 연마하기 전에 뻔뻔함을 기르라고 말하고 싶다. 하퍼 리."

전석영이 뭐라 대답할 새도 없이 우민은 빠르게 말을 이었다.

"영감이 찾아오길 기다려선 안 된다. 몽둥이를 들고 그걸 쫓아가야 한다. 잭 런던."

우민이 말하는 유명 작가들의 명언에 전석영의 표정이 조금씩 변화했다.

자괴감 가득하던 분위기가 서서히 사라지며 글을 쓰겠다는 의지가 조금씩 보였다.

"아마추어들이 영감을 기다리는 동안, 우리 프로들은 일어나서 일하러 간다. 스티븐 킹."

차츰 고개를 끄덕이기 시작했다. 숙이고 있던 고개를 들고 자신이 하는 말에 집중하기 시작했다.

이쯤이면 정신을 차렸을 거라 생각한 우민이 버럭 소리쳤다.

"야, 이 자식아! 글은 엉덩이로 쓰는 거야! 일단 자리에서 앉아서 써 내려가란 말이야!"

깜짝 놀란 전석영이 번쩍 고개를 들었다. 함께 있던 카타리나와 송민영도 무슨 일인가 싶어 우민을 바라보았다.

이목을 집중시킨 우민이 나직이 중얼거렸다.

"이우민. 이건 석영 씨에게만 하는 말이 아니라 모두에게 하는 말이니 새겨듣도록 하세요."

사람들이 다시 일에 집중했고, 우민이 말을 이었다.

"내 글이 구리면 또 어떻습니까. 그냥 쓰고, 또 쓰세요. 그리고 석영 씨가 말하는 그 구린 글을 보는 독자가 지금 9만 명을 넘었다는 사실을 본인이 가장 잘 알고 있지 않나요?"

우민이 하는 말 하나하나가 전석영의 가슴을 비수로 후벼 파고 있었다. 그저 도피하고 있었을 뿐이라고, 어서 해야 할 일을 하라고!

"9만 명. 소설닷컴에서 1등. 10억 상금을 차지할 가장 유력한 작가."

"수많은 독자들이 결코 좋은 말만 하지는 않을 겁니다. 저역시도 유명 평론가에게 최악의 작품이라는 평가를 받기도 했고요. 그럴 때마다 일희일비하면서 글을 쓰지 못한다면 결코 프로가 될 수 없을 겁니다."

우민이 말을 마쳤을 때쯤에는 자세를 고쳐 잡고 책상 앞에 다시 앉아 있었다.

"그래요. 그렇게 하면 됩니다."

그러고는 빠르게 타자를 쳐나가기 시작했다.

*   *   *

요 며칠 이문철은 기분이 좋았다.

"곧 1등도 할 수 있겠어."

우민이 올려놓은 비평 글이 전화위복이 되어 사람들의 관심을 받게 되었다.

중국이나, 필리핀 쪽에서 들어오는 조회 수는 차단되었지만 오히려 조회 수가 늘었다.

그뿐만이 아니었다.

"내가 그럴 줄 알았다니까. 실력도 없는 것들이 독자들이 우쭈쭈해 주니까. 자기가 정말 글을 잘 쓰는 줄 알고 말이야."

자신이 돌아다니며 댓글을 달았던 작가들 몇몇이 휴재를 하는 중이었다.

그 여파로 '아이돌 천마'는 승승장구하는 중이었다. 10위권에 정체되어 있던 순위가 훌쩍 뛰어올라 3위를 차지했다.

이대로라면 1위도 문제없다는 것이 출판사의 중론이었다. 생각만으로도 기분이 좋았다.

"1위, 그리고 10억. 그럴 줄 알았다니까."

혹여 그사이 순위가 또 올라갔을까 하여 웹 화면을 리프레시해 보았다.

"어라?"

못 보던 작품이 하나 올라와 있었다. 그간 휴재를 하던 작가가 다시 글을 올렸는지 '들리지 않아도'가 10위에 랭크되어 있었다.

판타월드와 달리 소설닷컴은 실시간으로 순위가 달라진다. 이문철이 한 번 더 리프레시 버튼을 누르자 순식간에 8위로 올라서 있었다.

그간 자신의 작품의 순위도 올라 2위에 랭크되었다.

"설마."

이럴 수도 없고, 이래서도 안 된다. 이문철은 조마조마한 심정으로 리프레시 버튼을 클릭했다.

자신의 순위는 여전히 2위, '들리지 않아도'는 5위까지 올라왔다.

두근.

심장의 떨림이 마우스에 올라가 있는 손가락까지 전해졌다. 설마 하는 심정으로 마우스 왼쪽 버튼을 클릭했다.

이내 파자작 소리를 내며 마우스 하나가 바닥에 내동댕이 쳐져 검은빛 속살을 드러냈다.

*　　　　　*　　　　　*

고요한 방 안에선 마우스 누르는 소리밖에 들리지 않았다.

딸깍.

딸깍. 딸깍.

몇 번을 눌러도 화면은 그대로였다. 이문철은 넋이 나간 채 화면을 바라보는 중이었다.

"내가… 동신문학상까지 수상한 내가 이런 애송이보다 못 하다는 말이야?"

충격이 쉽게 가시질 않았다. 몇 번을 더 클릭해 보았지만 자신은 1등이 아니었다.

"젠장. 내 글이 이럴 리가 없는데……."

도저히 믿을 수가 없어 몇 번을 다시 클릭했는지 모른다. 아쉽게도 그때마다 결과는 동일했다.

"내 글이, 내 글이 이런 애송이 자식에게 밀릴 리가 없어!"

오늘 올린 글을 찬찬히 읽어 내려가 보았다. 무협 세계에서 현실의 세계로 넘어온 천마가 아이돌 오디션 프로그램에서 1등 을 장식하고 본격적으로 활동에 나서는 클라이맥스 부분.

재미가 없을 수가 없는 편이었다.

끝까지 자신이 올린 글을 읽어 내려간 이문철이 이번에는 자신의 글에 달린 댓글들을 살펴보았다.

수많은 댓글들이 자신을 찬양하고 있었다. 그걸 보고 자신의 인기를 만끽하고 나서야 심신에 안정이 찾아왔다.

하지만 그것도 잠시. 2위라는 사실에 분노가 치솟았다. 그렇지 않아도 화가 난 상태. 댓글을 확인하던 이문철이 신경질적으로 마우스를 클릭했다.

"넌 삭제. 이 자식 너도 어디서 사주받고 왔지. 누구한테 감히 노잼이야. 노잼이."

약간이라도 부정적인 뉘앙스를 풍기는 댓글은 전부 삭제해 버렸다. 그렇게 하자 다시금 약간 화가 가라앉으면서 마음에 평화가 찾아왔다.

오르락.

내리락.

도무지 감정 통제가 되질 않았다.

＊　　　＊　　　＊

우민은 '철우'라는 필명으로 달린 댓글을 보고는 쯧쯧 혀를 찼다.

"이 작가님이 아직도 정신을 못 차리고 댓글을 달고 다니시네. 우리가 무슨 바본 줄 아시나……."

다른 아이피로 댓글이 달리기는 했다. 하지만 회원 가입 시에 위치 정보 수집에 대한 동의를 받아놓고, 아이피 접속 주소에 대한 데이터베이스를 유지하고 있는 중이었다.

확인 결과 이우철, 그리고 철우는 다른 아이피였지만 같은 장소에서 접속하고 있었다.

"철우, 우철. 이름만 거꾸로 해서 댓글 달고 다니지 말고, 글이나 열심히 쓰라고 비평 글에 남겼건만 못 알아들었나."

우민이 남겼던 '아이돌 천마'에 대한 비평 글.

거기에 간접적으로 표현해 놓았다.

타인의 글이 인기 있어 보인다면 비평을 하는 것이 아니라, 왜 저렇게 인기가 있을까 분석해 보겠다는 마음을 가져야 한다.

'아이돌 천마'가 기존의 클리셰를 따랐다는 것이 비록 무개성해 보일지라도, 작가의 트렌드를 파악하는 눈만큼은 뛰어나다는 점을 알아야 할 것이다.

"이 정도 말했으면 알아들어야지 이 사람 이거 안 되겠네."

우민이 자세를 고치고 키보드 앞에 앉았다.

"진정한 키보드 워리어가 누군지 보여줘야겠어."

소설닷컴에 '민우'라는 필명으로 아이디를 새로 만들었다.

*   *   *

—작가님의 글을 즐겁게 읽고 있습니다. 다만 몇 가지 눈에 띄는 부분이 있어 댓글을 남깁니다. 1화에서 표현된 환골탈태의 설명대로라면 15화의 천마가 선탠을 해서 구릿빛 피부를 가질 수 없을 것 같은데요.

개연성에 대한 지적은 시작에 불과했다.

—21화에서 등장한 지연화는 부모님을 잃은 고아라고 표현하셨는데 고아에 대한 자료 조사를 해보시면 알겠지만 고아원을 나올 때 정착금으로 고작 2, 300을 주는 게 현실입니다.

글에 대한 현실성이 떨어진다는 지적.

—이번 화에서는 1인칭에서 3인칭이 뒤섞여 있어 보기가 불편하네요.

그리고 소설의 시점에 대한 지적까지 이어졌다.

원색적인 비평은 삭제로 일관했다. 약간의 부정적인 댓글들도 바로 삭제해 버렸다.

지적질도 바로 삭제했지만, 그렇다고 마음이 편하지는 않았다.

"그래서 어쩌라고."

댓글은 삭제되었지만 머릿속에 남아 글을 쓰는 데 자꾸 신경이 쓰였다.

"하루에 두 편씩 쓰는 게 쉬운 줄 알아?"

유료로 연재하고 있는 천마강림.

공모전을 위해 무료로 연재하고 있는 아이돌 천마.

장르계의 은어로 한 번에 두 개의 작품을 연재하는 걸 '수라의 길'을 걷는다고 한다.

수라. 곧 지옥과도 같다는 걸 뜻한다. 자칫 발을 삐끗 잘못 디디면 바로 나락으로 떨어진다.

현실에서라면 폭망 작품이 산으로 가다가, 무단 연중을 하거나 급완결을 치는 걸 뜻했다.

"젠장, 벌써 8시야?"

시계를 확인해 보니 어느새 저녁 8시. 천마강림을 올려야 할 시간이었다.

이제 마련해 놓은 비축분은 단 한 편.

아이돌 천마 연재를 시작하면서 하루에 2편씩 연재하던 걸 1편으로 줄였고, 그마저도 이제 주 5회로 연재하고 있었다.

"아 ×발, 짜증 나네."

주 3회로 연재를 줄일까도 생각해 보았지만 웹소설이라는 장르의 특징상 그렇게까지 틈을 두면 독자들이 우수수 떨어져 나갈 게 불 보듯 뻔했다.

죽이 되든 밥이 되든 오늘 한 편은 써야 한다는 뜻이다. 이문철은 앞에 놓여 있는 위스키 잔을 집어 들려는 걸 각고의 인내력을 발휘해 참아내고, 한글 창을 켰다.

그러나 머릿속을 계속 맴도는 글에 대한 지적까지 잊어버리지는 못했다.

"절대 아이돌 천마를 접을 순 없어."

'아이돌 천마'에 공을 들이다 보니 천마강림의 질적 하락이 생겼다. 출판사에서는 '아이돌 천마'를 접자고 말해왔지만 자신의 자존심이 허락지 않았다.

이를 갈던 이문철이 입술을 꽉 깨물고, 자리에 앉아 타자를 두드려 나갔다.

조금씩이지만 빈 화면에 글이 채워지기 시작했다.

*   *   *

"네가 키보드 워리어면 나는 갓 키보더다."

우민은 '아이돌 천마'에만 댓글을 달지 않았다. 이우철이 판타월드에서 연재하는 천마강림에 가서도 댓글을 남겼다.

비난이나 욕설이 아닌, 댓글을 보는 누구라도 납득할 수밖에 없는 적절한 비판들이었다.

그래서일까.

우민의 댓글은 유독 독자들의 추천을 많이 받았다.

"네가 삭제를 해도 나는 댓글을 남기지."

몇 개의 댓글이 삭제되었지만 우민은 굴하지 않고 댓글을 남겼다.

만약 아이돌 천마를 연재하는 작가가 이문철이라는 사실을 알았다면 댓글을 남기는 정도로 끝나지 않았을 것이다.

"누가 이기나 한번 해보자."

우민은 지치지도 않는지 벌써 400편이 넘어가는 천마강림을 하나씩 읽어 내려가며 댓글을 남겨 나갔다.

3위.

5위.

8위.

'들리지 않아도'가 부동의 1위를 기록하는 가운데 '아이돌 천마'의 순위는 한두 계단씩 떨어지기만 했다.

조회 수 하락.

순위 하락.

그와 더불어 찾아온 소재의 바닥.

독자들이 재밌게 읽어줘야 작가도 글을 쓰는 맛이 나는 법이다.

아무도 읽지 않는 글을 즐겁게 써 내려갈 작가는 없다. 더구나 이문철은 이미 '인기의 맛'을 본 작가.

시간이 지날수록 '아이돌 천마'에 대한 애정은 식어만 갔다. 식은 애정은 곧 휴재로 이어졌다.

─작가님, 이러다 천마강림까지 휴재할지도 모릅니다. '아이돌 천마'는 이쯤에서 포기하는 게 어떠십니까?

"……"

─아시죠? 저번 달 '천마강림' 인세가 30% 이상 떨어진 거. 미리 말씀드리는데 다음 달에는 그보다 더 떨어질 겁니다. 이제라도 한 작품에만 열중하시는 게 어떨는지.

최경락의 설득에 이문철은 갈등에 휩싸였다. 자존심을 굽히고 실리를 취할 것인가. 꿋꿋하게 지조 있는 모습을 보일 것인가.

침묵의 시간은 계속되었다.

─어차피 무료 연재니까. 지금 연중해도 작가님의 명성에는 아무런 해가 없을 겁니다. 독자들도 이해할 테고요. 하지만 유료 연재는 아닙니다.

─이대로 유료 연재로 넘어가서 흥한다는 보장도 없고, 만

약 무단으로 연중을…….

이문철이 최경락의 말을 끊었다.

"지금 뭐라고 했습니까."

—네?

"지금 뭐라고 했어!"

이문철이 수화기에 대고 고함쳤다.

—무단으로 연중을 하게 되면 독자들의 반발이 예상된다고…….

"그 전에."

심상치 않은 기색을 읽은 최경락이 조심스럽게 말했다.

—이대로 유료 연재로 넘어간다고 해서 천마강림 정도의 성과가 난다는 보장이…….

"내가 연재하는 작품이 인기가 없다고? 당신 편집자로서 작품을 보는 눈이 있기는 한 거야? 사장 바꿔."

전화를 받던 최경락이 배성균에게 신호를 보냈다. 사태가 심상치 않게 흘러간다고 느낀 것이다.

전화를 넘겨받은 배성균이 대뜸 최경락을 혼냈다.

"야, 이 새끼야! 지금 그걸 말이라고 하냐! 우리 작가님이 어떤 분이신 줄 몰라? 아주 눈깔이 썩어빠졌네."

눈치 빠른 최경락이 금세 배성균의 의도를 알아차리고 잔

뚝 주눅 든 목소리로 중얼거렸다.

"그, 그게 아니라……."

"요 며칠 휴재하긴 했지만 그건 더 큰 도약을 위한 일보 후퇴라는 말 몰라? 너 이 새끼 당장 책상 치워!"

이쯤하면 됐다고 여긴 배성균이 최경락에게 하던 말을 멈추었다.

"죄송합니다. 작가님, 편집자가 아직 실력이 많이 부족합니다."

─교육 똑바로 시키세요.

딱딱하게 굳어 있던 목소리가 한결 부드럽게 풀려 있었다.

"하하, 알겠습니다. 아주 단단히 교육시켜 놓겠습니다."

─흠… 흠.

"그런데 오늘 자 천마강림 원고는 언제쯤 될까요? N포털에서 퇴근 전에 원고를 주지 않으면 다음 날 연재 예약을 해줄 수 없다는 걸 겨우 사정해서 연재를 하고 있는 형편이라……."

─곧 완성됩니다. 편집자 교육이나 똑바로 시키세요.

이문철이 그 말을 끝으로 뚝 하고 전화를 끊었다.

"와, 이 자식 말하는 본새 보게나."

"그렇지 않아도 더러운 성격이 더 나빠진 것 같아요."

"다 지가 자초한 거지. 두 작품 연재하는 게 어디 쉬운 일인가."

"이러다 천마강림도 휴재하면 어쩌죠? 안 그래도 작품이 산으로 간다는 말도 많고, 매출도 떨어지고 있는데."

"어쩌긴 어째, 닦달해서 완결 치게 만들어야지. 작가야 또 구하면 되잖아."

*   *   *

며칠 뒤. 두 개의 작품이 동시에 유료 전환 공지를 올렸다.

〈유료 전환 공지〉

안녕하십니까. '들리지 않아도'를 연재하고 있는 전석영입니다.

독자 여러분들의 성원에 힘입어 유료 연재를 하게 되었습니다. 그간의 사랑에 감사드리며 앞으로도 많은 성원 부탁드립니다. 결코 연중이나 휴재 없이 완결까지 달려가 보겠습니다.

그렇게 '들리지 않아도'가 유료 연재를 시작하고, 몇 시간 뒤 '아이돌 천마'도 유료 연재로 전환되었다.

유료로 전환하자마자 만 명 이상의 독자가 '들리지 않아도'를 결제했다. 그에 반해 '아이돌 천마'는 유료 전환 첫 날 겨우 이천에 그쳤다.

그렇게 첫날이 지나고, 이튿날이 되자 '들리지 않아도'는 만

오천 명이 넘는 독자들이 결제했고, 아이돌 천마는 천오백 명으로 떨어졌다.

이 주일 후.

'아이돌 천마'에 휴재 공지가 올라왔다.

두 작품을 동시에 연재하는 것이 몸에 부담으로 다가왔는지 손목에 이상이 생겨 더 이상 '아이돌 천마'를 연재할 수 없는 상황이 되었습니다.

빠른 시일 내에 천마강림을 완결 짓고, 다시 '아이돌 천마'를 연재하도록 하겠습니다.

그 공지에 가장 먼저 댓글을 단 사람은 바로 우민이었다.

짧고 강하게 작가의 속을 긁어대는 댓글.

―1등. 이렇게 될 알았지만 아쉽네요.

옆에서 보던 카타리나조차 혀를 끌끌 찰 정도로 얄미운 댓글이었다.

＊　　　　　＊　　　　　＊

전석영은 날아갈 것 같은 기분을 감추기 힘들었다. 10위권에 진입한 자신의 소설 '들리지 않아도'가 파죽지세의 기세로 순위가 올라가더니 '소설닷컴'에서 1위에 올라서는 기염을 토했다.

백 개가 넘는 댓글에 달리는 말들도 칭찬 일색이었다. 아주 가끔 글에 대해 지적하는 글이 있었지만 무시해도 될 정도였다.

어느덧 유료 전환 시기가 다가왔다.

무료에서는 1등.

유료에서도 1등일까?

의구심이 가득했지만 한편으로는 자신감도 있었다.

그렇게 진행된 유료 전환 당일.

"이, 이백오십만 원?"

유료 전환 당일 2편을 연속해서 올렸다. 두 편 모두 만 명이 넘게 결제하며 이백만이 넘게 벌렸다.

입이 떡 벌어지는 액수에 몇 번을 '소설닷컴'에 들락날락거렸는지 모른다.

어쩌면… 어쩌면… 유료 1등을 넘어 공모전에서도 대상을 탈지도 모른다는 기대가 생겼다.

그렇게 되면 10억이다.

"…설마."

설마 했지만 기대가 되지 않는다면 거짓이다.

10억.

가히 로또에 맞은 기분이었다. 들뜬 기색으로 올라가는 결제율을 보고 있던 전석영의 뒤에서 익숙한 목소리가 들렸다.

"이대로만 써나가면 되겠네요."

우민.

자신의 은인이었다.

"가, 감사합니다. 정말 고마워요."

전석영이 꾸벅 고개를 숙였다. 자신의 '멘탈'을 잡아주고, 여기까지 올 수 있도록 길을 안내해 주었다.

"그렇게까지 고마워하지 않아도 됩니다. 석영 씨가 잘돼야 저도 투자 금액을 뽑으니까요."

유료 연재로 발생하는 수익의 20%는 출판사에, 10%는 우민에게 자문료 명목으로 돌아간다.

그래도 60%가 넘는 게 자신의 몫이다. 큰 욕심은 화를 부르는 법. 전석영은 지금 발생하는 수익으로도 충분히 만족했다.

"아니에요. 작가님 아니었으면 이렇게까지 성공하지는 못했을 겁니다. 중간에 글을 포기할 뻔했을 때 작가님이 잡아주지 않았다면……."

이런 기쁨을 맛볼 수 없었으리라.

"앞으로 분량이 쌓이면 타 플랫폼에도 연재를 하고, 드라마나 영화 같은 콘텐츠로도 만들어볼 겁니다. 물론 중국 진출도 적극 도울 거고요. 그렇게 치면 30%라는 계약이 결코 손해 보는 장사가 아닐 거라는 걸 느낄 거예요."

"무, 물론입니다. 지금도 충분히 그렇게 생각하고 있어요."

우민의 씁쓸해 보이는 표정에 전석영은 자신이 얼마나 고마워하는지 적극 어필했다.

그래도 우민의 표정은 별반 달라지지 않았다.

"앞으로 수익이 더 늘어나고 통장에 돈이 찍히면 그렇게 생각되지 않을 순간이 분명 올 겁니다. 그때 지금의 마음을 한번 기억해 주세요."

전석영은 알지 못하는 우민의 과거였다. 옆에서 글을 쓰던 카타리나가 흘깃 우민을 바라보았다.

"꼭, 꼭 기억하겠습니다."

결코 초심을 잃지 않으리라. 전석영은 다짐 또 다짐했다.

*   *   *

소속 작가의 작품이 '히트'하는데 기분 나쁠 사장은 없었다. 오랜만에 만난 다른 출판사 편집자의 칭찬에 손석민은 웃음을 감추지 못했다.

"알았다, 알았어. 이 자리는 내가 살 테니까. 금칠 좀 그만해."

손석민이 백기를 들고 나서야 다른 출판사 편집자들이 칭찬을 멈추었다.

"진작 그랬어야지. 덤으로 우리 출판사에서 이번에 야심차게 준비한 게 있는데 거기에 배너 좀 걸어줘."

"어, 이거 새치기야. 나도 이번에 대배너 따오라고 특명 받고 왔다고."

"어허, 석민이랑 나랑 안 지가 벌써 10년이야. 친분으로 봐도 내가 먼저지."

얼큰하게 술에 취한 편집자들이 너도나도 자신이 먼저라며 시끄럽게 떠들었다.

배너를 걸어달라는 편집자들의 말에 손석민이 난처함을 감추지 못했다.

"야, 내가 말했잖아. '소설닷컴'은 내 게 아니라니까. 나도 월급 받고 일해주는 거야."

손석민이 한발 물러나자 편집자들이 이때다 싶어 달려들었다.

"그러면 이우민 작가 강연 한 번."

"백."

"나, 나는 이백!"

구체적 액수까지 부르며 경쟁하는 친구이자, 경쟁자들을 보며 손석민이 앞에 놓여 있던 소주를 단번에 들이마셨다.

백, 이백만 원이라니.

오천만 원을 불러도 움직이지 않는 게 우민이었다. 아직 영세한 장르 시장의 규모에 손석민은 한편으론 안타까움을 느꼈다.

"…이, 이게 목적이었냐?"

"이번에 작가 그룹까지 만들어서 후배 양성까지 한다며? 우리 출판사에 와서도 좋은 말 한번 해주라. 응?"

"그, 그래. 우리 소속 작가들도 난리야. 금과옥조 같은 한 말씀 듣고 싶다고."

"너희들도 알다시피, 내가 철저히 '을'인 거 알잖냐."

손석민의 푸념 아닌 푸념에 한 편집자가 조심스레 입을 뗐다.

"강연 한 번 해주면 내가 이번에 얻은 특급 정보 알려준다."

"응?"

"이문철 소식. 아무도 모르지?"

손석민의 눈이 동그랗게 떠졌다. 주변의 다른 편집자들은 '이문철'이라는 이름조차 생소한 눈치였다.

다들 장르 문학계에서만 굴렀던 편집자들이라 순문학계에서 이름을 날리던 이문철을 알 리가 없었다.

"그 있잖아. 옛날에 손석민 저놈이 빨대 꽂은 최준철 작가랑 쌍철로 불렸던 작가."

"아!"

그제야 다른 편집자들 사이에서 탄성이 터져 나왔다.

"빨대라니! 나랑 절친한 친구로, 우리는 운명을 같이하는 운명 공동체란 말이지."

"그거나 저거나, 어쨌든 어때? 강연 한 번?"

고심하던 손석민이 콜을 외쳤다.

"대신 너희 출판사만 하는 게 아니라, 아예 큰 강당 빌려서 너희 셋 소속 작가들 다 불러. 거기서 한꺼번에 하게."

이문철의 정보를 알고 있다던 편집자가 엉덩이를 뒤로 빼며 입맛을 다셨다.

"이거 이러면 내가 손해잖아."

손석민이 어림없다는 듯 말했다.

"싫으면 말고, 너 아니어도 정보 얻을 데는 많다."

손석민의 단호한 말에 다른 편집자들이 환호성을 질렀다.

"옳소! 옳소! 다 같이 살자!"

"알았다. 이문철이 요즘 뭐 하냐면……."

이문철을 안주거리로 술자리는 밤 12시를 넘어 늦게까지 이어졌다.

*　　　　*　　　　*

다음 날.

손석민은 우민을 만나, 어젯밤 자신이 들었던 정보를 상세하게 이야기해 주었다.

이문철, 이우철이 동일 인물이라는 사실도, 그 정보를 얻는 대가로 강연을 해주기로 했다는 것도 모두 이야기했다.

동의를 얻지 않고 말했기 때문일까.

손석민의 얼굴에는 약간의 죄책감이 서려 있었다.

"바쁘면 꼭 하지 않아도 된다."

"그러면 아저씨가 거짓말한 게 되잖아요. 그리고 이문철, 이우철이 동일인이라는 정보가… 꽤나 흥미롭기도 해요."

그렇다면 소설닷컴에 꾸준히 댓글을 달고 있는 '철우'라는 인물도 동일 인물이라는 뜻.

하여간 인간은 쉽게 변하지 않는 모양이었다.

"그러면 내가 일정을 조율해 보마."

"최대한 성대하게 준비해 주세요. 이왕 하는 거 아주 거대하고 성대하게 하죠. 이를 테면… 북 콘서트 같은?"

"북 콘서트?"

우민이 들고 있던 핸드폰을 보여주며 말했다.

"네. 요즘 작가들이 책 내면 많이 하던데요? 책에 대해 이야기도 나누고, 콘서트처럼 노래도 하고."

손석민도 익히 알고 있었다.

북 콘서트.

문화 행사의 일환으로 죽어가는 출판 시장을 살리기 위한 고육지책으로 만들어진 기획이었다.

이제는 어느 정도 자리를 잡았는지 신작이 나올 때면 으레 하곤 했다.

"너는 그런 게 필요 없는 거 알잖아."

"하하, 꼭 홍보를 위해서라기보다는… 뭐랄까요. 어린 시절 잊혀지지 않는 기억에 대한 소소한 미련?"

알 수 없는 말에 손석민이 고개를 저었다. 어차피 한두 번 있는 일도 아니기에 그저 그러려니 할 뿐이었다.

"조금 있으면 공모전 우승자도 발표해야 하는데 그때 같이 하면 되겠구나."

우민이 알았다며 고개를 끄덕였다.

'이문철, 이우철. 철우. 다 같은 사람이었단 말이지.'

그 사실을 다시 한번 상기하며 우민이 의미심장하게 웃어 보였다.

*　　　*　　　*

—아차상에 선정되었음을 알려 드립니다. 자세한 내용은 고객 센터로 문의해 주시기 바랍니다.

자신의 핸드폰에 도착한 한 통의 문자를 이문철이 의아하게 바라보았다.

소설닷컴에 들어가 확인해 보니 분명 아차상이라는 것이 있었다.

〈아차상〉

작품의 질은 뛰어나나 아쉽게 수상하지 못한 작품에게 주는 상으로 선정 기준인 유료 연재 결제율이 아닌 '소설닷컴' 내에서 논의를 통해 결정.

"상금이 5천만 원?"

총 상금 15억이라는 이름이 아깝지 않은 상금이었다. 5천만 원이면 자신이 수상한 동신문학상에서 주는 상금보다 많았다.

구미가 동했다.

"오천만 원이면 이번에 차도 새로 뽑을 수 있겠는데."

이문철은 서서히 마음이 기움을 느꼈다. 현재 연중하고 있는 '아이돌 천마'를 완결 짓고, 타 플랫폼에 이북으로 유통시키면 천만 원은 벌 수 있을까?

냉정하게 봤을 때 답은 '아니다'였다. 오천만 원을 받는 것이 여러모로 자신에게 이익이었다.

"어차피 얼굴만 안 밝혀지면 되는 거 아니겠어."

마음을 정한 이문철이 수화기를 들었다. 이럴 때 이용하라고 출판사가 있는 거 아니겠는가.

전화를 받은 최경락은 영 마땅찮은 눈치였다. 대리 수상을 하고 상금을 받아 오라니, 마치 부하 직원을 다루는 듯한 이문철의 행태가 영 마음에 들지 않았다.

그런 최경락을 배성균이 달래듯 말했다.

"너도 이우민 작가 북 콘서트 가보고 싶다곤 했잖아."

"그건 그거고 이건 이거지 않습니까. 제가 무슨 이문철 시종도 아니고……."

"야, 좋게 좋게 생각하자. 천마강림 덕분에 우리도 재기한 거 아니겠어."

최경락이 더 이상 토를 달지 않고, 북 콘서트가 열리는 장충체육관을 찾았다.

체육관 입구에 들어서자마자 줄줄이 늘어선 자동차, 콩나물시루처럼 줄을 서 있는 사람들의 모습에 최경락은 우민의 인기를 실감했다.

"장충체육관 대여는 오버라고 했는데… 그게 아니었네요."

배성균이 침음성을 흘렸다.

"크음……."

자신이 '이우민 작가'를 잡았다면 지금 손석민이 가진 '부'는 자신의 것이리라.

부러움에 질투심이 섞여 살짝 짜증이 일었다.

"저놈은 도대체 언제까지 주차를 하는 거야."

앞 차가 제대로 주차를 하지 못하고, 전진 후진을 반복하는 중이었다.

답답함에 살짝 울화가 치솟아 올랐다.

빠앙.

클랙슨을 눌러도 화가 풀리질 않았다. 창문을 연 배성균이 앞 차에 대고 소리쳤다.

"거참! 주차도 못할 거면 차는 왜 가지고 나와서는."

우민의 두터운 팬층 중 하나인 아줌마 팬일 거라 생각했다.

빠앙.

다시 한번 신경질적으로 클랙슨을 눌렀다.

한국 자동차 회사에서 나온 중형 세단.

외제 차였다면 누르지 않았을지도 모른다.

"빨리 좀 가라니까."

한 번 더 큰 소리를 치자 차 문이 열리며 건장한 체격의 흑인 남자가 내려, 배성균에게 걸어갔다.

한 손을 자동차 지붕에, 한 손은 열려진 창문에 걸친 채 말했다.

"헤이, 지금 나한테 말했어?"

배성균이 빠르게 손과 머리를 흔들었다.

"노, 노노."

건장한 흑인이 클랙슨 위에 올라가 있는 손을 가리키며 말했다.

"한 번 더. 클랙슨. 못 참아."

이번에는 빠르게 위아래로 고개를 끄덕였다. 흑인 남성이 사라지고 나서야 배성균과 최경락의 눈에 각양각색의 외국인들이 들어왔다.

이곳에 온 건 한국인만이 아니라는 사실을 알 수 있었다.

*   *   *

찢어질 듯한 비명 소리에 고막이 흔들거렸다. 처음이자 마지막 히트곡인 '볼 빨간 누나'를 부르며 등장한 우민을 향해 소녀 팬들의 환호성이 장시간 이어졌다.

우민의 인기가 어느 정도인지 가히 실감 나는 현장이었다. 어느 아이돌의 팬미팅 현장 못지않은 열기를 자랑했다.

팬의 한 축이 소녀들이라면 또 다른 축은 외국인이었다. 마치 이태원이라도 와 있는 것처럼 심심치 않게 눈에 띄었다.

노래를 마친 우민이 앞에 놓여 있는 물을 한 잔 마셨다.

"하하, 오랜만에 부르려니까 쉽지 않네요. 잘 들으셨는지 모르겠습니다."

"꺄아아악!"

"잘 들었어요! 앵콜! 앵콜!"

"오빠, 사랑해요!"

북 콘서트에서 앞 글자 북을 빼야 할 것 같은 분위기였다. 뜨거운 열기가 부담스러울 수도 있으련만 우민은 한 치의 흔들림도 보이지 않았다.

"팬분들의 성원도 있으니, 다음번에는 더 많은 노래를 선곡해서 오도록 하겠습니다."

우민의 말에 장충체육관 내의 조명이 은은하게 바뀌었다. 적당한 크기의 칠판이 놓여지고, 우민이 그 위에 오늘의 주제를 적었다.

글을 쓰다.

"북 콘서트라고 해서 제가 쓴 책 이야기만 주야장천 하면 지겨울 것 같아서 준비해 봤습니다. 마침 이 자리에 꽤나 많은 출판사 관계자분들과 작가분들이 오신다고 해서요. 어디 손 한번 들어봐 주실 수 있을까요?"

우민의 말에 수십 명의 넘는 사람들이 손을 들었다. 10대부터 50대까지, 남자에서 여자까지 그야말로 다양한 사람들이 손을 들었다.

"하하, 감사합니다. 다양한 분들이 오셨기에 한 가지 주제를 깊게 파고 들어가는 건 맞지 않겠다고 생각해서, 보편적인 이야기를 한 번 해보려고 합니다. '글을 쓰다'. 제가 아주 어린 시절부터 시작한 행위의 하나죠."

말을 하는 데 전혀 막힘이 없었다. 중저음의 목소리, 명확한 발음은 사람들로 하여금 절로 집중하게 만들었다.

"혹시 제가 몇 살 때부터 글을 썼는지 아시는 분?"

우민의 질문에 또다시 수십 명이 손을 들며 앞다투어 답을 말했다.

달동네 아이들을 출판한 8살에서부터 7살, 6살까지 다양한 나이들을 말했다.

"5살! 정답입니다!"

다섯 살.

우민이 미국으로 가기 전 인터뷰에서 말했던 나이였다.

"정답을 맞추신 분께는 이번에 S전자에서 출시되는 최신 스마트폰을 선물로 드리겠습니다."

우민의 말에 체육관에 모여 있는 사람들이 술렁거렸다.

"하하, 북 콘서트라고 해서 꼭 책을 선물로 주라는 법 있나요?"

"없어요!"

"제 팬이라면 아실 텐데, 이번에 S전자 광고를 찍었습니다. 그래서 협찬 좀 받았습니다. 앞으로도 정답을 맞히신 분께는 책이 아니라 최신 스마트폰을 선물로 드릴 겁니다. 그럴려면 집중해야겠죠?"

꿀꺽.

술렁이던 분위기가 순식간에 가라앉으며 조용해졌다. 최신 스마트폰의 가격은 100만 원. 사람들로 하여금 집중해서 우민의 말을 듣게 하기 충분했다.

*　　　　*　　　　*

우민의 북 콘서트에 참석한 S전자 홍보 팀 대리는 참석자들을 들었다 놨다 하는 우민의 언변에 놀라움을 감추지 못했다.

"원래 글 잘 쓰면 말도 잘하냐?"

"대리님도… 우민 작가님이니까 가능한 거예요."

"…너도 우빠였어?"

신입 여직원은 우민의 모습을 놓치지 않겠다는 듯 옆자리의 대리는 쳐다보지도 않은 채 답했다.

"전 입사하기 전부터 우빠였는데요?"

"……."

"이 정도 열기면 광고 나가기도 전에 홍보 효과가 엄청 나겠어요."

"그래… 나도 북 콘서트에 협찬 좀 해달라기에 그게 뭐 효과가 있나 싶었는데… 이건 장난이 아닌데?"

"단톡방에 올라온 글 보셨어요?"

"아니."

"N포털 확인해 보라고 난리에요. 우리 제품이 실검 1위라고."

여직원의 말에 대리가 핸드폰을 꺼내 들고 인터넷에 접속해 보았다.

1. 이우민 작가 북 콘서트.
2. 북 콘서트 사은품.
3. S전자 최신 스마트폰.

이우민의 연관 검색어로 자신들이 출시한 최신 스마트폰이 올라와 있었다.

"지금 나가고 있는 유민아 편. 편성이 언제까지지?"

"다음 달까지 나가고, 이우민 작가 편이 나갑니다."

여직원은 여전히 시선을 우민에게 고정시킨 채였다.

"돌아가면 그거 앞당기자고 해야겠어."

대리는 핸드폰을 들어 이우민을 찍는 게 아니라, 참석자들을 녹화했다.

특히나 한 자리씩 차지하고 앉아 있는 외국인들을 중점적으로 찍었다.

"세계적으로 어느 정도 인기가 있는지… 우리가 간과했어. 한국에서 하는 팬미팅에 이 정도 외국인이 참석하는데……."

"제가 처음부터 유민아는 쓸 필요 없이 이우민 작가만 잡으면 된다고 했었잖아요. 앞으로 광고 단가 더 올라갈 겁니다. 10억이 아니라… 할리우드 스타들처럼 수백억이 될지 몰라요."

"…어째 그렇게 되길 바라는 것 같다?"

"바라는 게 아니라 당연한 거예요. 보세요. 찬란하게 빛나는 우민 작가님을."

대리가 고개를 절레절레 저었다. 여직원은 마치 꿈속을 걷는 듯 두 눈이 몽롱하게 변한 채 두 손을 꼭 잡고, 전면을 주시할 뿐이었다.

*   *   *

자신이 글을 쓰며 겪었던 경험.

다른 작가들을 만나며 느꼈던 감정.

나이가 들면서 변화되는 문체.

우민 스스로가 지금까지 글을 쓰면서 겪었던 것들에 대해 차근히 풀어나갔다.

전부 이야기하자면 하루 종일 말해도 짧았기에 최대한 압축, 또 압축해 한 시간으로 줄였다.

"이제 준비한 게 거의 끝나가네요. 마지막은 다음으로 진행될 이번 공모전의 스포일러가 될 수도 있을 사례 한 가지를 들며 마무리하려 합니다."

공모전 결과에 대한 스포일러.

10억의 주인공이 지금 밝혀진다는 말에 장충체육관이 다시 한번 술렁였다.

"1등은 여러분 모두 알고 있을 겁니다. 저희 '소설닷컴'에서 압도적으로 결제율을 자랑하는 작품이죠."

우민의 말에 객석에서 탄성이 쏟아져 나왔다. VIP석에 앉아 있던 전석영이 '꿀꺽' 마른침을 삼켰다.

'나다. 내 이야기를 하고 있는 거야.'

'들리지 않아도'는 웹소설계에 새로운 기록을 세워 나가며 1위 자리에서 요지부동이었다.

"이와 경쟁을 하던 한 작품이 있었습니다. 유료 연재가 진행되고 며칠 되지 않아 안타까운 소식을 전했지만 꽤나 많은 독자들의 사랑을 받았던 작품이죠. '글을 쓰다'라는 행위는 같음에도 왜 이런 차이가 발생하는 걸까요?"

우민의 말에 객석 이곳저곳에서 수십 명의 사람들이 손을 들었다.

"필력의 차이가 아닐까 합니다."

"한쪽은 트렌드에 맞춰 재밌게 글을 썼고, 다른 작품은 이 야기를 진부하게 풀어나갔기 때문이라 생각합니다."

"재능이 달랐기 때문입니다. 우민 작가님이 타고나신 재능 이 없었던 거죠."

하하하.

농담 섞인 답변에 객석에서 웃음이 터져 나왔다. 하지만 웃지 못하는 한 사람이 있었다.

'뭐? 재능? 필력? 누구 앞에서 그딴 개소리를 하는 거야.'

깊게 눌러쓴 모자, 얼굴의 반은 가린 선글라스를 착용한 이 문철이었다.

이문철은 우민의 말이 끝나자마자 지금 말하는 작품이 뭔 지 알 수 있었다.

바로 자신이 쓰다 만 '아이돌 천마'.

'네까짓 게 감히 뭐?'

그저 고깝게만 들렸다. 자신을 비꼬는 것 같아 듣는 내내 속이 부글부글 끓어올랐다.

객석에서 참석자들이 하는 말을 들을 때마다 당장에라도

반박하고 싶은 걸 겨우 참아냈다.

"하하, 다들 맞는 말씀을 하셨지만 제가 듣고 싶은 단어가 아직 나오지 않았습니다. 방금 전 40여 분 동안 제가 했던 이야기를 한 단어로 줄이면 되는 건데……."

우민이 내준 힌트에 또다시 객석 곳곳에서 사람들이 손을 들었다.

여러 가지 답이 나왔고, 그중 결국 정답이 나왔다.

"맞습니다. 인내. 참을성. 꾸준함. 그게 바로 결정적인 차이죠."

듣고 있던 이문철이 저도 모르게 욕지거리를 내뱉었다.

"×랄."

옆에 있던 우민의 팬이 이상하다는 눈빛으로 쳐다보았다. 끓어오르는 분노에 타인의 시선은 느껴지지 않았다.

'이런 개소리하는 걸 천여 명이나 듣고 있다니.'

저런 헛소리를 왜 듣고 있는지 도무지 이해가 되질 않았다. 글의 인기를 가르는 건 오로지 하나, '재능'. 자신처럼 재능 있는 작가의 글은 잘 팔리고, 그렇지 않은 글은 묻히는 법이다.

그사이 우민이 말을 이어나갔다.

"재능? 그건 충분조건일 뿐입니다. 한글을 읽고 쓸 줄 알면 글을 쓸 수 있는 재능은 충분히 갖춘 겁니다."

이문철이 또다시 혼잣말을 중얼거렸다.

"헛소리."

"꾸준히 읽고 꾸준히 쓰세요."

"푸하하하."

듣고 있으니 웃음밖에 나오질 않았다. 꾸준히 읽고 쓰라고? 자신의 주변에 그렇게 했던 수많은 작가가 펜을 꺾고 현실이라는 벽 앞에서 멈춰 섰다.

"그러나 제가 하는 말을 오해하지는 말아주세요. 제가 방금 말한 건 두 작품의 차이를 말한 겁니다. 재능의 차이가 아닌 꾸준함의 차이. 그게 한 작품은 1등으로, 다른 작품은 나락을 떨어뜨린 결정적인 차이죠."

이문철은 끝내 원색적인 비난을 해댔다.

"미친놈."

더한 욕도 하고 싶었지만 주변의 분위기가 심상치 않다는 걸 알아차렸다.

오히려 자신을 미친 사람 보듯 쳐다보는 시선에 서둘러 입을 닫았다.

*　　　　*　　　　*

우민이 미리 말했던 대로였다. 이번은 없었고, 예정대로 '들리지 않아도'가 대상을 수상하며 10억 상금의 주인공이 되었다.

이번은 다른 곳에서 일어났다.

"아차상. '아이돌 천마.'"

사회자의 발표에 사람들이 수군거렸다.

"아이돌 천마 그 연중 작품 아냐?"

"헐, 연중 했는데도 상을 줘? 관계자 아냐?"

"이건 좀 아닌 것 같은데. 말이 되냐. 이게."

납득하지 못하는 사람들을 뒤로하고, 최경락이 앞으로 나와 단상으로 올라갔다.

"작가님이 건강상의 문제가 있어서 제가 대신 왔습니다."

베일에 싸인 작가를 대신해 나타난 출판사 관계자.

그 모습이 사람들이 가지고 있는 의혹을 한층 증폭시켰다.

"찔리는 게 있으니 얼굴도 못 내미는 거지."

"이거 주최 측이랑 짜고 치는 고스톱 아냐?"

"이우민 그렇게 안 봤는데 5천만 원은 건지겠다, 이건가."

소란이 크게 일지는 않았지만 몇몇 목소리는 또렷하게 단상으로 전달될 정도는 되었다.

더 이상 이대로 둘 수 없다는 듯 우민이 마이크를 잡았다.

"저희 주최 측과 모종의 관계가 있을 거라 생각하시는 독자분들이 있으신 것 같은데……."

우민이 시선을 돌려 최경락을 바라보았다.

"어떻습니까. 이번 기회에 이우철 작가님이 어떤 분인지 알려주시는 게."

"…네?"

"이우철이 본명은 아닐 테고, 최소한 누군지는 알아야 저희도 상금을 지급해 드릴 수가 있습니다. 그리고 주최 측과 관계가 있다는 독자분들의 의혹도 해소해야 하지 않겠습니까."

우민의 거듭된 질문에 당황한 최경락이 고개를 돌려 배성균을 바라보았다.

놀란 건 배성균도 마찬가지였다.

으득. 이를 간 배성균이 씹어뱉듯이 천천히 중얼거렸다.

"저 어린놈의 자식이……."

한참 뒤쪽 객석에 앉아 있던 이문철도 입술을 깨물었다.

"저 어린놈의 자식이……."

제6장
어린놈의 자식이 II

위이잉, 철컥.

위이잉, 철컥.

사무실에 설치된 복사기가 쉼 없이 돌아가는 중이었다. 분이 풀리지 않는지 담배를 뻑뻑 피워대던 배성균이 최경락에게 물었다.

"아직 다 안 됐어?"

"이제 거의 끝나갑니다."

"내가 같은 업계에 종사하는 사람으로서 최소한의 양심은 지키려고 했는데, 이런 식으로 나오면 곤란하지."

위이잉, 철컥.

그 소리를 마지막으로 복사기가 멈추었다. 복사기에 다가간 최경락이 상태를 확인하곤 물었다.

"떨어진 달은 다 떴는데 다른 작품도 스캔할까요?"

"모조리 다 해. 이우민 것만 하지 말고, 손 사장 출판사에서 나온 건 다 떠버려."

배성균의 재촉에 최경락이 복사기에 새로운 책을 끼워 넣었다.

이미 스캔이 완료된 책의 이미지는 추적이 쉽지 않도록 '하이두 클라우드'에 올리고 각종 공유 사이트에 글을 올리기 시작했다.

이우민 작가 신작 공유. 쪽지.
스캔본 480p. 대량 보유 문의 쪽지.

글을 올린 지 얼마 되지 않아 공유 받고 싶다는 쪽지가 우수수 쏟아졌다.

쪽지를 확인하고 다운로드 받을 수 있는 주소를 공유해 주던 최경락이 말했다.

"이거 저희가 스캔 뜰 필요도 없겠는데요? 이미 텍본이랑 스캔본이 엄청 돌아다니고 있어요."

접속하는 웹하드, 각종 토렌트 공유 사이트마다 우민의 글을 공유한다는 내용이 넘쳐났다.

'판타월드'나 각종 포털 사이트, 그리고 소설닷컴에서 유료로 연재되는 글들에 대한 텍본을 공유한다는 글이 계속 올라오는 중이었다.

"그중에서 우리 출판사 소속 작가 작품은 내용 증명 보내서 손해배상 걸어버린다고 협박해. 그렇게 뜯어내는 합의금도 꽤 쏠쏠한 거 알지?"

최경락은 과거의 경험 때문에 살짝 걱정이 일었다. 상식에 어긋난 일을 하다가 이미 한 번 알파 출판사에서 쫓겨나지 않았던가.

"뒤탈이 있지는 않겠죠?"

"뒤탈은 무슨, 공유하는 글 올린 놈들이 잘못이지. 그리고 너도 알잖아. '하이두'가 어디냐. 중국이잖아, 중국. 중국에 올린 걸 어떻게 잡아."

"그거야 그런데……."

왠지 우민이라면?

다르지 않을까 하는 불안감이 스멀스멀 피어올랐다.

"그 자식이 우리 '쪽' 준 거 생각 안 나냐? 지금도 그 생각만 하면 피가 거꾸로 솟는다. 거꾸로 솟아."

배성균의 말에 최경락도 화가 나는지 일에 집중했다. 특히나 우민의 글을 공유하는 데 더욱 열을 올렸다.

*   *   *

북 콘서트를 성황리에 마치고, 잠시간의 여유가 찾아왔다. 소설닷컴에서 진행했던 공모전도 끝이 났고, 송민영과 함께 기획한 프로그램도 안정을 찾아가는 중이었다.

우민은 한눈에 한강이 조망되는 집에서 손석민과 둘이 커피 한 잔을 홀짝였다.

"어지간히 밝히기 싫었나 보네요."

"그렇겠지. 알려지는 순간 퇴출 위기에 놓일 수도 있으니까."

"어차피 영원한 비밀은 없다는 걸 모르는 것도 아닐 텐데……."

"암묵적으로 공유되는 사실과 공식적으로 알려지는 진실은 다르니까."

둘의 화제는 단연 북 콘서트에서 있었던 이우철 작가였다.

본명 이문철.

우민과는 질기디질긴 악연으로 엮여 있는 작가였다.

"준철 아저… 교수님한테서도 연락 왔더라고요. 인터넷에 올라와 있는 찌라시가 진짜냐고, 이우철이 이문철 맞냐고."

"그놈은 이제 원고 좀 넘기라고 전해주라. 교수 생활 시작하더니 손에서 펜을 놓았는지 아예 글을 안 줘."

"하하, 이번에 넷째 임신하셨다던데요? 교수 일하랴, 육아하랴… 밤에는 또… 그럴 시간이 없으실 겁니다."

우민의 말에 손석민의 귀가 붉게 물들었다.

"네, 넷째 임신했다고? 그 친구 몰랐는데 아주 애국자였네."

"아저씨도 정식으로 결혼하셔야죠."

예상치 못한 우민의 돌직구에 손석민의 귀가 붉게 물들어 갔다. 애꿎은 커피를 연신 홀짝이며 헛기침만 토해낼 뿐이었다.

"흠… 흠, 흠."

"이제 일도 슬슬 궤도에 올라갔으니, 식을 올려도 되지 않을까요? 물론 저는 두 분의 의견을 묻는 것뿐이니까 너무 신경 쓰시진 않아도 돼요."

"우민아… 아저씨는……."

뭐라고 말을 해야 할까. 손석민은 잠시 생각에 빠졌다. 어떻게 말해야 이 아이가 아픔 없이 받아들일 수 있을까.

"저도 이제 21살이에요. 아저씨나 엄마 눈에는 아직 아이로 보일 수도 있겠지만… 어른들의 세계를 받아들일 준비가 되어 있어요. 그냥… 그렇다고요."

손석민은 말없이 우민의 어깨에 손을 얹었다. 두툼하고, 따뜻했다. 우민도 조용히 그 위에 자신의 손을 얹었다.

둘은 그저 창밖에 도도히 흐르는 한강을 보며 무언의 대화를 나누었다.

그 대화 속에 담긴 신뢰는 세상 무엇으로도 깰 수 없어 보였다.

*　　　*　　　*

소설닷컴 자유 게시판에서는 갑론을박이 한창이었다.

—이×철, 이×철 실화냐?

—성추행 작가가 장르 판에서 최고의 작가라니 쯧쯧. 독자들 수준하곤.

—19금 소설은 쓰자마자 베스트셀러 각.

명예훼손에 대한 두려움 때문인지 실명을 거론하진 못했다. 이름을 가리거나 간접적으로 지칭하는 단어를 쓰며 게시물을 확대 재생산했다.

소설닷컴에만 글을 올리는 것이 아니라, 판타월드 게시판, 이우철이 글을 올리고 있는 '천마강림'의 댓글 창에도 진실을 요구하는 글들이 빗발치게 올라왔다.

이진요(이우철에게 진실을 요구합니다)라는 모임까지 생겨 출판사를 압박했다. 논란이 되고 있는 상황을 보니 당장에라도 '나다!'라고 밝히고 싶은 마음이 불같이 솟아올랐다.

"내가 글 올리는 게 법을 어긴 것도 아니고, 집행유예 받고 풀려난 사건을 가지고 왜 이렇게 말이 많아."

이미 다 지난 일들을 가지고 이러쿵저러쿵 떠드는 독자들이 꼴 보기가 싫어 얼마 전부터는 아예 게시판 자체를 들어가질 않았다.

"어차피 인기가 있으면 수그러질 말들……."

시간이 지날수록 분노는 정제되고, 차가운 이성이 수면 위로 떠올랐다.

배성균은 중국 진출이 가시화되는 시점에 '무죄'임을 강조하며 정체를 밝히자고 하였다.

그러나 이문철의 생각은 달랐다.

인기는 곧 작가의 능력. 이곳은 능력이 있으면 용서받는 곳이다.

"그 연예인도 추문에 시달렸지만 연기력으로 잠재웠는데, 나라고 못하리라는 법 없지."

이문철은 똑똑히 기억하고 있었다. 가십난을 가득 채우던 추문들이 한순간 사라졌다.

한 아이의 아버지이자 한 여자의 남편이 저지른 일임에도 대중들은 용서했다.

그에 반해 자신은 총각. 혼자이지 않은가?

지금은 능력을 보여줄 때다.

"아이돌 천마를 빠르게 완결 짓고, 천마강림은 지금처럼 연재하면서 차기작을 내자. 방법은 그것밖에 없어."

생각을 정리한 이문철이 다시 컴퓨터 앞에 앉았다.

방바닥에는 위스키 병이 굴러다녔고, 체중은 빠져 앙상한 나뭇가지를 연상케 했다. 핏발 선 눈동자가 괴기스러움을 더했다.

*   *   *

실리콘밸리에 위치한 '소설닷컴' 개발 팀.

우민이 미국에서 맺은 인맥으로 고용한 개발자들이 일하는 곳이었다.

그들이 하는 일은 소설닷컴에 대한 개발뿐만이 아니라, 한국에서 오는 각종 요구 사항들을 처리하는 것이었다.

보낸 이: Sukmin Son
제목: 불법 공유 자료 업로더 조사

메일을 확인한 마이클이 내용에 적혀 있는 사이트를 들어가 보았다.

"저작권이라는 개념이 없는 놈들이 너무 많군."

마이클의 손이 보이지도 않는 속도로 움직였다. 자체 개발한 루트 권한 탈취 프로그램에서부터, IP 추적기까지.

업로더를 찾아내기 위해 수단과 방법을 가리지 않았다.

"눈에는 눈, 이에는 이. 불법에는 불법이지."

콧노래까지 불러가며 손석민이 보내온 요구 사항에 몰두했다.

그렇게 몇 시간이 흘렀을까.

결과물을 얻어낸 마이클이 답장을 써 내려갔다.

한국.

W 출판사 사무실.

메일을 읽어나가던 손석민이 연신 혀를 찼다.

"이것들이 아직도 정신을 못 차리고… 쯧."

메일의 내용은 우민의 글을 스캔하여 유포하고 있는 곳이 어디인지에 대한 리스트가 나열되어 있었다.

대부분이 개인 가정집이었지만 가장 많은 트래픽을 발생시키는 곳은 따로 있었다.

수원 시청 부근.

여기는 배성균이 사장으로 있는 출판사가 위치한 곳이었

다. 손석민이 정확하게 확인하기 위해 서랍 속에 넣어두었던 명함을 꺼내 들었다.

"하이두에 올리면 모를 줄 알았나… 더구나 토렌트까지 돌리고 어? 이 개자식들이 어디 보자. 경기도 수원시 팔달구 인계동……."

다시 확인해 보아도 메일에 쓰여 있는 주소지는 같았다. 대형 서버에서 토렌트(P2P 공유 프로그램)를 돌리고 있는지 발생하는 트래픽이 어마어마했다.

"담당 변호사 전화번호가 몇 번이었더라……."

이내 전화번호를 찾은 손석민이 빠르게 통화 버튼을 눌렀다.

＊　　　＊　　　＊

아침 8시 졸린 눈을 부비며 최경락이 자리에서 일어났다. 일어나자마자 샤워를 마치고 시리얼로 간단하게 아침을 마쳤다.

"오늘도 한번 열심히 해보자!"

사회생활을 하며 모은 모든 돈을 동업 자금으로 집어넣었다. 동업, 사장. 내 일이라고 생각하자 마음가짐이 달랐다.

괴롭던 출근길이 핑크빛 희망을 향해 가는 구름다리처럼

느껴졌다.

예전 같았으면 맞춤법 교정기를 돌려서 대충 교정을 본 후 작가들에게 넘겼을 것이다.

그러나 지금은 아니다.

작가들의 수입이 곧 자신의 이익에 직결된다. 최경락은 출근길에도 태블릿을 켜 어젯밤 사이 도착한 작가들의 글을 읽어 내려갔다.

단 한 자의 오타도 놓치지 않겠다는 의지로 눈에 불을 켜고 살펴보았다. 내용이 조금 이상하다 싶으면 최대한 정성을 다해 코멘트를 달았다.

그렇게 보내온 시간이 벌써 2년이 넘어갔다. 그간의 노력이 헛되지 않았는지 업계에서 꽤나 이름을 알린 회사가 되었고 작년 매출은 드디어 5억을 달성했다.

'어, 저거 우리 회사 소속 작가 작품이잖아.'

버스에 앉아 있는 남성이 보고 있는 화면을 보니 얼마 전 자신이 교정 본 글을 보고 있었다.

한두 번 보는 장면도 아니었건만 볼 때마다 가슴이 벅차올랐다. 입가에서 실실 웃음이 새어나왔다.

"그거 재미……."

끝말을 겨우 삼키고 버스에서 내렸다.

가벼운 발걸음으로 도착한 회사.

출근 시간은 10시까지였지만 9시에 도착해서 업무를 시작했다.

"어디 보자. 오늘 해야 할 분량이… 필살 작가님 이북 작업이랑 김현중 작가 차기작 검토. 그리고 또 어디 보자……"

그렇게 업무를 시작한 지 얼마 지나지 않아 사람들이 한두 명씩 출근하기 시작했다.

그렇게 10시가 지나고 배성균까지 도착한 후 얼마가 지났을까. 집배원이 사무실에 도착했다.

"여기 배성균 씨 앞으로 등기 도착했습니다."

자리에서 일어난 배성균이 등기 우편을 받았다. 발신인을 확인해 보니 법무법인.

그러나 자신이 거래하는 곳이 아니었다.

"경락아, 너 '화인'이라고 알아? 우리 작가들 소송 대리를 거기에 맡겼었나?"

"화인은 처음 들어보는데요. 근데 거기 꽤 유명한 데잖아요."

법무법인 화인. 대한민국 3대 법무법인 중 한 곳이었다.

배성균이 불길한 예감에 휩싸여 떨리는 손으로 봉투를 열어보았다.

소장.

그리고 그 밑에 보이는 금액.

1,000,000,000(일십억 원).

금액의 크기 때문일까. 놀란 배성균이 들고 있던 소장을 떨어뜨렸다. 바닥에 떨어진 소장을 집어 든 최경락도 벌어진 입을 다물지 못했다.

*　　　　*　　　　*

아침 10시.

카타리나가 작가 그룹 사무실이 있는 단독주택으로 들어오며 앵무새처럼 같은 말을 반복했다.

"봄이다! 봄이다! 봄이다! 봄이다! 봄이다!"

앉아 있는 우민에게 들으라는 듯 귓가에 가까이 대고 입을 오물거렸다.

당황한 우민이 자리에서 일어나 멀찍이 떨어졌다. 함께 출근해 있던 송민영이 그 모습에 소리 내어 웃었다.

"호호, 작가님. 날씨 좋은데 오늘 다 같이 한강에 가서 치맥 한잔할까요?"

카타리나가 짝 하고 박수를 치며 활짝 웃어 보였다.

"그거 좋다. 한강 치맥!"

함수호도, 전석영도 은근히 기대하는 눈치였다. 사무실에서 가장 연장자인 송민영이 우민에게 다시 말했다.

"젊은 시장도 순항하고 있으니 너무 걱정하지 않으셔도 돼요."

젊은 시장.

방송 출연자가 한 달 동안 시장이 되어, 시에서 벌어지는 일들에 대해 시장처럼 조치를 취하고 시민들의 의견을 듣는 프로그램이었다.

첫 출연자가 서성모.

서성모 편을 시작으로 방송을 시작한 프로그램은 근래 지상파에서도 보기 힘든 시청률 10%를 기록하며 시청률 고공행진을 기록하는 중이었다.

전석영이 한마디 거들었다.

"제가 일인 일 닭 쏘겠습니다. 헤헤. 이번 달에 '들리지 않아도' 상금 들어왔거든요."

함수호가 그런 전석영을 장난치듯 나무랐다.

"헐! 그 일인 일 닭으로 되겠어? 소고기 사야지, 소고기!"

상금에 인세까지 주머니가 두둑해진 탓일까. 전석영이 일말의 고민도 없이 답했다.

"가시죠. 닭 먹고 바람 쐬다가 저녁은 소고기에 고급 와인

풀코스로 사겠습니다."

전석영까지 나서서 말하자 우민도 구미가 당기는지 창밖을
바라보았다.

정말 겨울이 지나고, 봄이 오고 있는지 따뜻해 보이는 햇살
이 마당의 식물들에게 미소를 보여주고 있었다.

이제는 약간의 부끄러움도 없어졌는지 스스럼없이 팔짱을
낀 카타리나가 우민을 재촉했다.

"가자! 가자! 한강으로 가자!"

창밖을 보던 우민이 어쩔 수 없다는 듯 몸을 움직였다.

*   *   *

씩씩거리는 거친 콧바람을 뿜어내며 들고 있던 소장을 '탁'
하고 내려놓았다.

"이게 지금 무슨 짓인가? 소장이라니. 출판사가 같은 출판
사를 고소해?"

반대편에 앉아 있던 손석민이 태연자약하게 답했다.

"같은 출판사 고소하면 안 된다는 법이라도 있어?"

당황한 배성균이 말을 더듬었다.

"최, 최소한의 상도의. 상도의 몰라?"

"상도의를 어긴 건 자네 아닌가."

손석민의 계속되는 질책에 배성균이 버럭 소리쳤다.

"어기긴 누가 어겨!"

손석민이 들고 온 서류 가방에서 봉투를 하나 꺼내 탁자 위에 던졌다.

"너, 당신. 배성균 씨가 사장으로 있는 출판사. 혹시나 내가 보낸 사유가 불합리하다고 생각할지 몰라서, 수집된 증거가 적법하다는 증명서."

배성균이 황급히 봉투를 열어 보았다.

"하이두는 중국 업체인데… 어떻게……."

너무 당황해서일까. 혼잣말을 입 밖으로 내뱉었다. 손석민은 실소를 금치 못했다.

"왜 우리가 증거도 없이 고소했을까 봐? 그래서 이렇게 당당하게 찾아온 거냐?"

손석민이 던져준 서류를 살펴본 배성균의 얼굴이 새하얗게 질려 버렸다.

완전히 넋이 나가 버린 표정.

"어때? 이제 좀 잘못했다는 생각이 들어?"

"……."

함께 온 최경락도 서둘러 자신들의 명줄을 쥐고 있는 종이 쪼가리를 들어 보았다.

당황해하는 둘을 보며 손석민이 또 다른 봉투를 탁자 위에 올려놓았다.

"이건 보너스."

봉투 안에는 또 다른 고소장이 들어가 있었다.

*   *   *

아직은 약간 서늘한 봄바람이 불어오는 한강 둔치.

선남선녀들이 돗자리를 펴고 둘러앉아 도란도란 이야기를 나누었다.

카타리나는 우민의 옆에 딱 달라붙어 앉아 끈질기게 물었다.

"이제 좀 말해줄 때도 되지 않았어? 도대체 여행 다니면서 뭘 하고 다닌 거야?"

말해줄 법도 하건만 우민의 굳게 다문 입술은 열릴 줄을 몰랐다. 그저 도도히 흐르는 강물을 바라볼 뿐이었다.

그러자 카타리나가 합석한 다른 사람들에게 빠르게 눈치를 주었다.

그간 도움을 받으며 친분을 쌓은 전석영이 조심스럽게 입을 열었다.

"하하, 저도 작가님 팬의 한 사람으로써 정말 궁금합니다."

함수호도, 송민영도 이구동성으로 외쳤다.

"저, 저도 사실 궁금해요."

"저도 너무 궁금합니다. 베일에 싸인 작가님의 행적 너무 알고 싶어요!"

굳게 닫혀 있던 우민의 입이 서서히 열렸다.

"흐음… 사실 뭐, 크게 별 이야기가 없어서 말하지 않았던 건데……."

기회를 놓치지 않고 전석영이 빠르게 말했다.

"듣기로는 중동 내전 지역에 가서 글쓰기 교육을 하셨다던데요?"

함수호도 호기심 가득한 눈빛으로 우민을 바라보았다.

"어떤 사람은 작가님을 중국에서 봤다던데요?"

카타리나가 한 번 더 재촉했다.

"너 정말 전 세계를 돌아다녔구나. 빨리빨리 말 좀 해봐. 너무 궁금하단 말이야."

우민이 배가 고팠는지 앞에 놓여 있던 닭 다리를 들어 물어뜯었다.

"아… 말하자면 길어질 수도 있는데, 흠… 그럼 오늘은 중국 편만 해볼까? 그것만 하루 종일 말해도 모자랄 거 같은데."

초롱초롱해진 눈망울의 2남 2녀가 우민을 보며 고개를 끄덕였다.

우민은 왠지 귀여운 강아지들을 보는 것 같은 느낌을 지울
수 없었다.

                *   *   *

손석민이 한심하다는 눈빛으로 배성균을 바라보았다.

"사람을 건드리려면 잘 알아보고 건드려야지."

"이, 이건 말도 안 돼. 어, 어떻게 이런 일이……."

"하이두에서 아주 적극적으로 수사 협조를 해주더라. 그리
고 토렌트는 덤이야. 거기에서 공유되는 작품들이 상당하던
데?"

최경락은 완전히 넋이 나가 버렸다. 손석민이 하는 말들이
비수가 되어 가슴을 찔렀다.

상식에 어긋난 일.

알파 출판사를 나와서 더 이상 하려 하지 않았건만, 약간의
이익에 눈이 멀어 배성균을 도왔다.

지켜보던 손석민이 코를 잡으며 말했다.

"너희 출판사 작품들을 올려놓고, 다운 받아가면 고소한다
고 협박해서 합의금 뜯어내고. 아주 냄새가 고약해서 가만히
둘 수가 있어야지."

"……."

"미국, 유럽, 중국, 인도, 중동 등등… 세계적으로 유명하다는 게 생각보다 엄청난 힘을 발휘하더라고."

손석민의 비아냥거림에 배성균이 꿀꺽 마른침을 삼켰다. 손석민이 꺼내놓은 문서들을 보니 죄를 피하기는 힘들었다.

그러나 10억이라니.

자신이 저작권을 공유해 합의금으로 받는 돈이 50만 원 남짓 된다.

아무리 그래도 10억은 너무하지 않은가.

"그, 그렇다고 해도. 시, 십억이라니 이게 말이 되는 소리라 생각해?"

손석민이 침착하게 고개를 끄덕였다. 너무 차분해 보이는 모습에 그럴 리가 없다고 생각했지만 자꾸만 불길함이 엄습했다.

'배성균 침착해. 지금까지 손해배상액이 10억? 몇천만 원도 선고된 적이 없어.'

그런 배성균의 생각을 읽기라도 한 듯 손석민이 천천히 말을 이었다.

*　　　　*　　　　*

우민이 맥주를 한 캔 따서 시원하게 한 모금 마셨다. 목 끝을 타고 넘어가는 청량감에 가슴이 시원해졌다.

"너희들도 알다시피, 내가 세계적으로 꽤나 유명해졌잖아?"

"……"

일동 침묵.

가끔 이런 우민의 대화법이 적용이 안 될 때가 있었다. 그러나 카타리나는 이미 수도 없이 들어왔다.

"그래서? 빨리 다음 이야기부터 해봐."

"중국에 갔더니 '하이두 회장'이 내 팬이라며 자동차를 대기시켜 놨더라고."

"네? 하이두 회장이면 우리가 알고 있는 그 사람 맞아요?"

"아마 맞을걸?"

마석.

하이두의 회장으로 자수성가의 아이콘이었다. 중국 최대 검색 사이트 '하이두'에서 그치지 않고, 구글을 뛰어넘는 기업으로 성장시키기 위해 불철주야 노력하는 인물.

"그, 그래서요?"

"그래서긴 뭘 그래서야. 이런 거 받으려고 온 거 아니다, 중국 시민들의 생활 모습이 보고 싶어서 왔다."

이야기에 출현하는 사람들의 유명세 때문일까. 그 자리에 있던 4쌍의 눈동자가 우민에게 집중되었다.

"그렇게 공항을 나가려는데 이번에는 공안에서 나를 붙잡는 거야."

이번에는 카타리나도 놀랐는지 두 눈을 동그랗게 뜨고 우민을 바라보았다.

"뭐? 중국 공안? 거기서 왜. 네가 무슨 잘못을 했다고."

"꼭 잘못을 했다라기보다는… 내가 미국에서 자유 훈장까지 받았잖아. 그 전에는 반정부 내용의 드라마를 만들기도 했었고. 혹시나 그런 식의 콘텐츠가 유포될까 걱정했던 것 같아."

"……."

사람들은 새삼 우민이 가진 힘을 실감했다.

"뭐, 엄청 대단한 건 아니었어. 그냥 방문 목적이랑 행선지를 물어본 정도니까. 물리적으로 구속력을 행사하거나, 일거수일투족을 감시하진 않았어. 굳이 나랑 척질 이유가 없으니까. 그리고 호의적인 사람도 있었는지 꽤나 편의도 많이 봐줬어."

들을수록 입이 다물어지지 않았다. 앞에 놓여 있는 치킨을 먹는 것도 잊은 채 우민의 말을 경청했다.

*　　　　　*　　　　　*

손석민은 딱한 눈빛으로 배성균을 바라보았다.

"소장에도 자세히 적혀 있는데, 아직도 이해가 안 되나?"

대답하지 못하는 배성균을 보며 말을 이었다.

"하이두나 토렌트에 올라간 우민의 작품을 다운받은 사람이 몇 명이나 될까? 천 명? 만 명?"

이제야 소장이 기억나는지 최경락이 빠르게 귓속말을 전했다.

백만 명. 그 이상.

배성균의 얼굴에서 핏기가 가시며, 떡하니 입을 벌렸다.

"백만 명 그 이상이야. 이북 한 권에 4,000원. 백만 명이면 40억. 10억도 싸게 해준 걸 알아야지."

어떻게 백만 명이 넘게 다운을 받아갈 수 있을까. 그리고 백만이라는 수치는 어디서 나온 것일까.

알고 싶지 않은 진실을 알아갈수록 오히려 궁금증이 더해졌다.

손석민이 이번에는 손가락으로 최경락을 가리켰다.

"하이두에서 제공해 줬지. 최경락. 자네 회사 직원이 가지고 있는 클라우드 계정에서 다운로드 받아간 사람들의 숫자를 말이야."

그 순간 배성균이 최경락에게서 한 걸음 떨어졌다. 재빨리 눈을 굴리고는 싸늘한 시선으로 최경락을 쳐다보았다.

"자네… 하이두에 계정이 있었어?"

마치 몰랐다는 태도.

어이가 없는지 최경락이 헛웃음을 터뜨렸다. 이런 인간을 믿고 같이 일을 해왔다니…….

"사장님의 지시 사항이었습니다. 기억 안 나세요?"

10억이라는 숫자 앞에서 이성이 마비된 배성균은 물불을 가리지 않았다.

"내가? 내가 언제. 증거 있어?"

"네."

똑 부러지는 최경락의 말에 이번에는 배성균이 마른침을 삼켰다.

"10억까지는 안 될 거야. 우리도 변호사 선임해서 진행하다 보면 1억이나 될까? 회사에서 변호사 비용은 대줄 테니까. 자네 개인이 저지른 일로 하자. 회사 이름 먹칠하면 자네도, 나도 죽는다는 거 잘 알잖아."

이번에는 회유.

그러나 통하지 않았다.

"저는 지분만 가지고 있는 주주이고, 사장님은 대표이사 아닙니까. 일을 저지르셨으면 책임을 지셔야죠."

그러고 그는 녹음기를 하나 꺼내 들어 플레이시켰다. 거기에는 지금까지 배성균이 자신에게 한 업무 지시가 고스란히 들어 있었다.

황급히 달려들어 녹음기를 집어 든 배성균을 최경락이 비웃었다.

"집에 사본은 많이 있으니까. 그건 가지세요."

"너, 너 이 새끼가!"

개싸움으로 번지는 모습을 손석민은 그저 안타깝다는 듯 바라볼 뿐이었다.

*   *   *

〈부동의 1위. '떨어진 달' 50만 부 판매 후에도 쾌속 순항 중〉

〈영화, 드라마 등에서 러브콜 쇄도〉

우민이 출판한 책은 서점에서 불티나게 팔려 나갔다. 지금의 속도라면 최소 100만 부는 무난히 넘어설 것으로 예상되었다.

"미국에서는 어때요?"

손석민이 함박웃음을 지으며 말했다.

"말해 뭐 해."

미국 종이책 출판 시장에서도 1위. 이북에서도 1위. 빠르게 팔리는 책의 속도에 오히려 두려움이 생길 정도였다.

손석민의 말처럼 말하면 입이 아플 지경이었다.

"소송은 승산이 있을까요?"

"물론이지."

손석민이 핸드폰으로 최신 뉴스를 찾아 보여주었다.

<W 출판사 저작권 문제로 B&C 고소. 10억 규모의 손해배상 청구>

<저작권 인식에 대한 경종을 울리는 계기가 되나>

<문화체육관광부. 저작권 침해 사례 전수조사 결정>

"언론에서도 우리한테 우호적이야. 더구나 국내 3대 로펌 아니냐. 그냥 이겼다고 생각하고 있으라던데?"

"너무 자신만만한 사람들은 믿기가 힘들어서……."

"앞으로 큰손이 될 사람이라 생각하는지, 최선을 다해서 이기겠다고 몇 번을 강조하더라. 아니, 이미 큰손인가?"

우민이 너털웃음을 터뜨렸다. 큰손이라… 어릴 적 했던 말 들은 사람들에게 그저 어린아이의 '치기'로 치부당했다.

그러나 지금은?

국내 3대 로펌에서도 '치기'가 아닌 현실로 받아들였다.

"하하, 앞으로 제가 더 많은 수입을 벌어들일 거라 생각하나 보죠."

"당연하지. 수입만이 아니라 너는 '명예'도 가지고 있다. 어른들의 세상에서 그건 곧 '힘'이지. 네 행동 하나 말 하나에 힘이 실리는 거다."

우민이 이미 알고 있다는 듯 고개를 끄덕였다. 자신에게 줄을 대려는 광고주에서부터 나라의 명예를 드높였다며 훈장을 주겠다는 정부까지. 최근에는 국회의원에게까지 연락이 왔다.

"정치계 쪽이랑은 엮이고 싶지 않은데… 아직도 연락이 오고 있나요?"

"워낙 젊은 시장이 인기를 끌고 있으니 자신도 출연하겠다, 혹시 자서전을 써줄 수 있냐, 정당에 가입할 생각 있냐, 요구 사항도 아주 다양해."

미국에서 받은 자유 훈장이 주는 부가 효과였다. 그런 사람이 자신의 정당, 혹은 자신을 지지해 준다면 여론의 지지를 얻을 수 있는 건 불 보듯 뻔한 사실이었다.

"너무 잘되니 이런 문제가 생기네요."

종편으로 인해 지상파에서도 보기 힘들어진 시청률 15%를 찍으며 고공 행진하고 있는 젊은 시장.

그곳의 메인 작가이자 실세인 우민에게 줄을 대려는 정치인은 차고 넘쳤다.

"그러게 넌 도대체 왜 모든 걸 다 잘하는 거냐?"

손석민의 낯간지러운 칭찬에 우민이 태연하게 답했다.

"그냥요. 그냥 그렇게 돼버려요. 천재란 게 그런 거죠 뭐."

"컥."

손석민은 헛기침을 토해낼 뿐 반박하지 못했다.

'재수 없다.'

생각은 했지만 차마 입 밖으로 내진 못했다.

*　　　　　*　　　　　*

연락을 받은 이문철은 황당, 어이없음, 분노, 당황스러움 등의 다양한 감정을 느껴야 했다.

얼마 전까지만 해도 장르 시장에서 처녀작인 천마강림을 흥행시키며 승승장구하고 있었다.

그런데 어쩌다 여기까지 와버린 걸까.

─참고인 조사가 필요하니 출석해 주시기 바랍니다.

전화로도, 문자로도 검찰에서 연락이 도착했다. 자신이 계약한 B&C 출판사 소송 관련해서 조사가 필요하다고 했다.

"이 새끼들이 도대체 무슨 말을 한 거야."

이제는 사장이라 부르고 싶지도 않았다.

"휴우……"

긴 한숨이 새어나왔다. 무슨 짓을 저지르고 무슨 말을 했기에 검찰에서 오라 한단 말인가.

검찰청.

그곳은 다시 가고 싶지 않은 곳이었다. 만약 그곳에서 취재를 하기 위해 기다리던 기자에게 얼굴이라도 찍힌다면, 자신의 정체가 알려지는 건 순식간이다.

"만약 이대로 본명이 알려진다면……."

생각만 해도 끔찍했다.

"젠장!"

욕이 나왔지만 자리에서 일어났다. 가고 싶지 않았지만 집을 나서야 했다.

집을 나서 택시를 잡아탔다. 평일 오후 세상은 평화로웠다. 비록 차 안에 있었지만 모자를 쓰고, 마스크로 얼굴의 절반을 가렸다.

집행유예로 풀려난 후 어느새 습관이 되어버렸다.

태양빛이 내리쬐는 여름에도, 추운 겨울에도, 따뜻한 봄에도 사시사철 얼굴을 꽁꽁 싸매고 돌아다녔다.

방 안에서는 세상을 호령하는 독재자였지만 밖에서는 남들의 시선을 두려워하는 소시민으로 변했다.

혹여 자신을 알아볼까 두려워 창밖을 두리번거리지도 않고, 오로지 정면만을 응시했다.

택시에서 내려 잰걸음으로 최대한 빨리 움직였다. 기자들의 카메라에 찍혀 구설수에 오르내리고 싶지 않았다.

하지만 그런 바람은 여지없이 무너졌다.

"어! 이우민 작가!"

이문철이 반사적으로 고개를 돌렸다. 한 대의 차가 멈춰서고, 거기에서 내리는 건 정말 이우민. 그를 향해 기자들이 우르르 몰려들었다.

차에서 내린 우민을 순간적으로 멍하니 바라보던 이문철이 빠르게 발을 움직였다.

그런 그를 향해 우민이 마치 다 알고 있는 양 쫓아왔다. 그런 우민을 기자들이 카메라 플래시를 쏟아내며 따라왔다.

"이번 저작권 소송에 대한 심경이 어떠십니까?"

"소송 금액이 10억 대로 유례없이 큰데요. 승산이 있다고 생각하십니까?"

기자들의 질문 세례를 뒤로하고 우민도 빠르게 발걸음을 움직였다.

멀어지려 하는 자.

가까이 다가가려 하는 자.

그런 둘을 취재하려 하는 자.

난데없는 추격전이 벌어졌다.

걸어가던 이문철이 더 이상 움직이지 못하고 걸음을 멈추었다. 우민이 손을 들어 이문철의 어깨를 짚었다.

"어, 이문철 작가님 아니세요?"

우민이 생글 웃으며 말을 건넸다. 운동으로 단련된 아귀힘은 이문철을 단단히 옭아맸다.

매일같이 건강을 도외시한 채 술에 의지해 세월을 보낸 이문철이 뿌리칠 수 있는 힘이 아니었다.

"……"

"정말 오랜만이네요. 거의 10년이 넘은 것 같은데… 잘 지내셨어요?"

생글 웃으며 말을 거는 모습이 그렇게 얄미울 수가 없었다. 이문철은 버럭 화를 내고 싶었지만 어느새 몰려든 기자들의 펜이 무서웠다.

"하… 하하, 그, 그렇구나."

어쩔 수 없이 고개를 돌렸다. 빛에 반사된 우민의 모습이 반짝거리며 빛났다.

그에 반해 자신의 모습은?

음침하고 어두웠다. 깡마른 자신의 몸이 부끄럽게 느껴졌다.

"그런데 여기는 또 어쩐 일이세요. 아! 혹시 저작권 소송 때문에?"

군이 대답할 필요는 없다고 생각했다. 이문철임을 알아챈 기자들이 벌써 쉴 새 없이 셔터를 누르고 있었다. 내일이면 어떤 기사가 쏟아져 나올지 살짝 두려움이 밀려왔다.

"…그럼 바빠서 이만."

이문철은 이 자리를 벗어나고 싶다는 생각밖에 없었다. 천마강림의 수입이 더 이상 떨어지면 안 된다.

베스트셀러 작가로 이름을 날릴 때 모아둔 돈은 합의금, 변호사 선임 비용 등으로 대부분 탕진했다.

이제야 겨우 다시 예전의 삶을 찾아가는 중이었다.

"하하, 그러시구나. 저도 그쪽 방향인데 같이 가시죠."

멀어져 가는 이문철을 향해 우민은 놓치지 않겠다는 듯 끝까지 따라붙었다.

＊　　　　＊　　　　＊

차 안에 있던 손석민이 커피를 마시며 고개를 흔들었다.

"저 녀석도 하여간 심보가 고약하다니까."

우연을 가장한 필연. 오늘의 일이 그랬다.

"그렇지 않아도 요즘 힘든 모양이던데… 쯧쯧. 그러게 왜 제 버릇 못 버리고는……."

배성균과 최경락이 서로 몰래 가지고 있던 보험의 내용은 씁쓸함을 넘어 분노를 자아내게 만들었다.

순위 조작에서부터 작가 빼오기, 일부러 스캔본을 풀어 합의금 요구 등등 수법과 방법도 다양했다.

자신만 죽을 수 없다는 듯 이문철도 끌어들였다. 자신이 한 일 중 대부분은 이문철의 요구였다는 것이다.

"하긴 지은 죄가 크니 저 정도로도 부족한가."

내일이면 이문철이 사실 이우철이었다는 기사가 쏟아져 나올 것이다.

그래도 독자들은 재미있으면 볼 것이다.

물론 작가의 정신이 흔들리지 않는다면, 이라는 전제 조건이 붙겠지만.

손석민이 고개를 돌려 차창 밖을 바라보았다. 따뜻한 햇볕이 내리쬐는 것이 정말 봄이 오고 있었다.

"봄이라… 정말 결혼을 할 때인가."

얼마 전 우민이 했던 말이 머릿속을 스쳐 지나갔다.

결혼 허락.

스무 살이 넘는 나이 차이였지만 우민에게 인정받았다는 느낌이 들었다.

신기하게도 그 느낌이 싫지만은 않았다. 그렇게 생각에 빠져 있자니 우민이 환한 얼굴로 차 문을 열고서 뛰어 들어왔다.

"가시죠."

"너 표정이 좋아 보인다?"

"하하, 하는 짓이 괘씸하잖아요. 제 버릇 개 못 준다고, 다른 작가 작품에 악플이나 달고 다니고, 순위 조작하고. 그게 선배 작가라는 사람이 할 짓은 아니니까요."

"…무서운 놈."

"저 아주 무서운 사람입니다. 엄마 눈에 눈물 나오게 하시면 안 돼요."

이번에는 손석민이 당황했다.

"야, 이 타이밍에 무슨 그런 말을……."

"하하, 빨리 여의도로 가시죠. 국회의원이 저 찾는다면서요."

손석민이 할 수 없다는 듯 자동차에 시동을 걸었다.

"그, 그래."

"이번에 가서 확실하게 말해줘야겠어요. 오라 가라 하지 마라, 정치랑 엮일 생각은 없다."

어차피 하지 말란다고 안 할 우민이 아니었다. 손석민은 그저 조용히 차를 몰았다.

*   *   *

서성모가 TV 앞에 앉아 리모컨을 만지작거리고 있었다.

"그냥… 메인 MC나 패널로 참가한다고 할 걸 그랬나……."

TV에서는 젊은 시장 재방송이 한창 나오는 중이었다.

—오늘 젊은 시장 게스트는 여러분들의 사랑을 한 몸에 받고 있는 가수죠. 바로! '사랑한다 말해줘'로 큰 사랑을 받고 있는 이동민입니다!

게스트로 출연한 가수가 카메라 앞으로 나오고, 연이어 정치 관련 게스트들이 줄줄이 카메라 앞에 섰다.

"이게 15%라니… 우리 드라마가 지금 3%인데… 도대체 몇 배 차이야."

서성모는 믿기지 않는 현실에 짧은 한숨을 내쉬었다. 자신이 촬영하고 있는 드라마는 날이 갈수록 시청률 바닥을 보이고 있었다.

TV에서는 이제 마지막 게스트가 들어서고 있었다.

—오늘 젊은 시장을 도와주실 분은 바로 새나라당 김성무 의원이십니다!

젊은 시장에게 정치적 조언을 해줄 보좌관의 역할을 할 의원까지 카메라 앞에 섰다.

"하아……."

서성모의 입에서 절로 한숨이 새어나왔다. 출연한 정치인을 보니 자신도 뉴스를 통해 한두 번 이름을 들어본 것 같았다.

정치에 문외한인 자신이 이름을 들어볼 정도면 꽤나 유명하다는 뜻. 드라마 촬영과 겹쳐 메인 MC 자리를 고사한 것이 두고두고 후회되었다.

"저 자리에 내가 있었어야 하는데……."

서성모가 TV를 보며 후회하고 있는 사이에도 젊은 시장에 대한 시청자들의 반응은 뜨겁게 달아오르는 중이었다.

―가려운 곳을 딱! 긁어주네요.

―우리 동네도 와주세요. 서울시 강서구 화곡동입니다.

―탁상 행정하는 공무원들이 꼭 봐야 할 프로그램!!

시민들의 반응이 뜨겁자, 정치인들 사이에서도 출연하겠다는 러브콜이 이어졌다.

*   *   *

그 자리에서 태연하게 앉아 있는 사람은 오직 한 명.

송민영 작가밖에 없었다.

"송 작가, 연락 좀 해봐. 어디쯤 왔나. 약속 시간 10분 전이야."

"방금 전에 거의 다 왔다고 하셨으니 곧 오시겠죠."

"최소한 10분 전에 도착해서 준비해야 하는데… 오늘 만나는 분이 그냥 국회의원도 아니고, 대권 주자였던 분인 건 알고 계시겠지?"

아무리 이 피디가 안달복달해도 송민영은 한 치의 동요도 보이지 않았다.

"알고 있을 겁니다. 그래도 달라지는 건 없을 테지만요."

"……"

그때 회의실의 문이 열리고, 우민이 들어섰다. 우민은 들어오자마자 핸드폰을 열어 시간을 확인했다.

"어? 아직 안 오셨나 보네. 약속 시간이… 5분밖에 안 남았는데."

그러자 이 피디가 스태프에게 소리쳤다.

"야, 다 모였다고 의원님께 전달해 드려."

한 남자가 황급히 문을 박차고 달려 나갔다. 이 피디는 그간 젊은 시장을 함께 만들어가며 충분히 느끼는 중이었다.

'1분이라도 늦으면 그냥 간다.'

이미 여러 차례 경험했던 바였다. 특히나 윗사람을 대할 때 저런 특징이 도드라지게 나타났다.

어차피 아쉬울 것이 없는 사람이다. 책은 날개 돋친 듯 팔리는 중이었고, 우민은 국민적 영웅이었다.

한국에서 최초로 노벨상을 받을지도 모른다는 말이 대중들 사이에서 마치 사실처럼 받아들여지고 있었다.

상은 작품이 아닌 작가에게 주어지는 것.

그걸 너무나 잘 알고 있기라도 하듯 여러 사회 활동을 하며 영민하게 행동했다.

"흐음……."

우민이 다시 시계를 쳐다보았다. 이 피디도 시선을 움직였다.

약속 시간은 오후 5시. 지금 시간이 4시 49분.

겨우 1분 남은 시점.

긴장감 때문인지 절로 몸에 힘이 들어갔다. 그렇게 초조하게 기다리던 중 벌컥 하는 소리와 함께 문이 열렸다.

먼저 반가운 얼굴이 보였다.

"도, 도착하셨습니다."

스태프의 말에 우민이 핸드폰을 켜보았다.

정확하게 오후 5시였다.

　　　　　　*　　　　　　*　　　　　　*

　차기 대권 주자로 거론되는 새나라당의 표홍준 의원이 우민을 향해 손을 내밀었다.

　"이렇게 직접 보니 인물이 정말 훤하군요."

　우민이 익숙하게 손을 잡았다. 정치인이라면 미국에서도 몇 번 만나보았다. 속은 음흉하고, 겉은 온화하다.

　"그런 말 많이 듣습니다."

　"하하하, 소문대로 자신감이 넘치는군요."

　"능력이 받쳐주니까요."

　어쩌면 뾰족하게 느껴질 수도 있는 말에 주변인들이 안절부절못했다.

　그런 분위기를 읽은 것일까. 표홍준이 오히려 너털웃음을 터뜨렸다.

　"으하하하, 젊은 친구 덕분에 오늘 많은 걸 배웁니다."

　그렇게 몇십 초간 웃던 표홍준이 돌연 '뚝' 웃음을 그쳤다.

　"자세한 이야기를 나누고 싶은데……."

　운을 띄우자마자 사람들이 벌떡 자리에서 일어났다. 우민은 역시나 정치인들은 상종하지 못할 것들이라 생각했다.

　'자신과 만나기 위해 이 많은 사람들을 그저 들러리로 세운

건가?'

별도로 만나자고 하면 자신이 만나주질 않으니 이런 꼼수를 쓴 것이다. 단둘이 남아 무슨 말을 할지 불 보듯 뻔했다.

앉아 있던 우민도 자리에서 일어났다. 그러고는 모른 척 입을 열었다.

"어, 다들 어디 가세요? 나만 빼놓고 가려는 건 아니죠?"

큭.

우민의 능청스러운 행동에 일어난 사람들 중 누군가가 입을 닫고 웃음을 터뜨렸다.

안절부절못하던 이 피디가 우민에게 사정하듯 말했다.

"자, 작가님. 그런 게 아니라……."

뒷말은 눈빛으로 대신했다. 우민의 동정심에 호소한 것이다. 그간 겪어본 바에 따르면 이 방법이 즉효다. 잠시 눈을 감은 우민이 얕은 한숨을 토했다.

"하아… 그럼."

알았다는 말이 끝나기도 전에 회의실에는 단둘만이 남았다.

먼저 말을 꺼낸 건 표홍준 의원이었다.

"만나기 참 어렵더군요."

"선거 끝난 국회의원만 할까요."

우민의 가시 박힌 말에도 만면에 웃음이 가득했다. 어린아이의 치기라 생각하는 걸까?

그렇다면 오늘 사람 잘못 만났다.

"오래 있고 싶어 하지 않는 것 같으니, 짧게 말씀드리겠습니다."

"네."

단답형의 대답을 전혀 거슬려 하는 눈치가 아니었다. 우민의 기분을 맞춰주기 위해 작정이라도 한 것처럼 행동했다.

"이번에 새로운 정치를 하기 위해 청년 위원회를 만들려고 합니다. 거기에 위원장을 맡아주셨으면 어떨까 합니다. 2년 뒤 총선에서 비례대표 1번을 약속드리겠습니다."

비례대표 1번.

정당 득표율에 따라 비례대표 당선 여부가 갈린다. 새나라당에서 1번이면 당선된 것이나 마찬가지.

아직 21살인 우민에게는 파격적인 조건이나 마찬가지였다.

"어차피 다 알고 있으니 툭 까놓고 말씀드리죠. 현재 상황이 좋지 않다는 건 잘 알고 있을 겁니다. 특히나 20, 30대 지지층은 붕괴되다시피 했어요."

"그래서 제가 필요하다 이 말입니까?"

"젊은이들 사이에서 절대적인 지지를 받고 있으며, 미국에서 자유 훈장을 받은 이력은 친미 성향인 저희 정당과도 잘 맞으니까요."

"비례대표 1번이라… 하하."

"2년 뒤면 23살. 아마 세계 최연소 국회의원이 될 겁니다. 원하시면 내년 지방선거에서 전폭적으로 지원을 해드릴 수도 있습니다. 그러면 22살에 금배지를 다는 겁니다."

"……."

"미국에서 햄버거를 뒤집어쓰면서도 자유의 가치를 설파하는 모습에 저 역시 많은 감명을 받았습니다."

표홍준은 우민을 설득하기 위해서인지 다양한 이유를 들먹였다. 잠시 생각에 잠겨 있던 우민이 입을 열었다.

"저보고 똥통에 들어오라는 말입니까?"

극단적인 단어 선택에 화가 날 법도 하건만 전혀 그런 기색이 없었다. 혀에 기름칠이라도 했는지 말에 막힘이 없었다.

"맑은 물이 많이 들어와야 정화될 테니까요."

"하수처리를 하는 데 맑은 물만으로 되지는 않습니다. 약품도 함께 필요하죠."

표홍준은 당근이 부족하다고 생각했는지 한 가지 제안을 더 꺼내놓았다.

"듣자하니 근자에 손해배상 소송이 걸려 있다 들었습니다. 소송액이 상당하더군요."

우민은 무슨 말을 하나 가만히 듣기만 했다.

"저도 검찰 출신이니 약간의 도움을 드릴 수 있을 것 같아요. 저희 당 청년 위원장님의 저작권이 침해당했는데 당 차원에서 적극 지원해 드려야 할 일 아니겠습니까."

별반 귀가 솔깃한 일이 아니었다. 우민은 반사적으로 답했다.

"겨우 10억짜리입니다. 그리고 그런 도움 없어도 이길 겁니다."

약간은 오만해 보이기까지 한 모습에 표홍준의 눈썹이 꿈틀거렸다. 첫 만남에서부터 지금까지 건방짐이 하늘을 뚫고 있었다.

비례대표 1번을 제안했으면 '어이쿠, 감사합니다' 하고 고개를 숙이지 못할망정 뻣뻣하게 세운 목을 한 번 굽히질 않았다.

"젊은 혈기가 부럽군요. 누구에게나 세상 모든 일을 해낼 수 있을 것 같은 때가 있지만 시간이 지나보면 차차 알게 됩니다. 세상이 그리 만만하지 않다는걸요."

"평범한 사람들에게 통용되는 사실을 저에게 들이대시면 곤란합니다."

"……."

"의원님께서 직접 말씀하시지 않았습니까. 22살에 금배지를 달 수도 있다. 제가 그저 평범한 사람이라면 의원님이 그런 제안을 할 필요가 있을까요?"

표홍준은 꾹 입을 다물었다. 눈썹이 약간 꿈틀거렸지만 노회한 정치인답게 일말의 표정 변화도 보이지 않았다.

"햄버거를 뒤집어쓰고, 미국에서 수많은 사람들에게 응원을 받고, 미합중국 대통령으로부터 자유 훈장을 수여받았습니다. 분열을 극복하고 통합의 씨앗을 뿌렸고, 지쳐 있는 사람들에게 위로의 아이콘이 되었습니다. 아직 그 정보가 여기까지 도착하진 않은 모양인데 비슷한 제안을 미 공화당 쪽에서 저한테 하더군요."

꿀꺽.

표홍준이 마른침을 삼켰다. 굳어 있던 표정이 미미하게 움직였다. 미국에서 국회의원 직까지 제안받았다?

믿기지 않는 일이었기에 표홍준은 너무나 평범하게 반응했다.

"작가라 그런지 소설도 아주 드라마틱하게 쓰는군요."

"지금 이 이야기를 제가 밖에 나가 한다면 다른 사람들이 할 이야기를 의원님께서 그대로 하시는군요."

다른 말로 '너도 평범한 다른 사람들과 별반 다를 바 없구나'라는 뜻을 내포하고 있었다.

표홍준도 정치판에서 꽤나 잔뼈가 굵은 정치인. 우민의 의도를 단번에 알아들었다.

표홍준이 뭐라 말하기도 전에 우민이 말을 이었다.

"아 참, 그리고 저한테 어리다고 한 사람들 여럿 봤는데, 결 말이 썩 좋지 않았었죠. 그냥 그렇다고 미리 말씀드려야 할 것 같아서요."

끄응.

여기서 화를 낼 수는 없었다. 표홍준은 우민에게 쏠린 대중 들의 관심을 충분히 알고 있었다.

그리고 그 관심이 가지는 '힘'을 누구보다 잘 느끼지 않았던 가.

지금은 참아야 할 때이다.

"말씀 끝났으면 자리에서 일어나 보겠습니다. 제가 좀 많이 바빠서요."

우민이 자리에서 일어났지만 표홍준은 잡지 못했다. 현재 표홍준의 위치는 새나라당 대표. 곧 야당의 대표로 국가 의전 서열 8위에 해당한다.

그런 사람이 자리에 앉아 손에 깍지를 낀 채 앉아 있었고, 우민은 거리낌 없이 자리에서 일어나 방을 나가 버렸다.

상황의 주도권을 쥐고 있는 것이 누구인지 너무 명백했기 때문에, 우민이 방문을 닫자마자 참고 있던 표홍준의 분노가 폭발하며 표정이 사정없이 구겨졌다.

　　　　*　　　　　*　　　　　*

집으로 돌아가는 길.

운전대를 잡은 손석민은 이번에도 걱정스러운 기색이 가득했다.

"또냐?"

듣지 않아도 어떤 일이 있었을지 알 수 있었다. 표정을 보아하니 그리 우호적인 상황이 벌어지진 않았으리라.

어째 이 녀석은 자신보다 힘이나 권력이 있는 사람을 만나기만 하면 마찰을 빚는다.

혹시 전생에 노비 생활을 하며 지주들에게 혹사를 당하지는 않았나 하는 생각마저 들었다.

"이번에 새누리당 청년 위원회가 구성되는데 청년 위원장을 맡아주면 총선에서 비례대표 1번을 주겠다고 했어요. 원한다면 내년 지방선거에서 밀어줄 수도 있다고 하더군요."

운전대를 잡고 있던 손석민이 깜짝 놀라 급브레이크를 밟았다.

끼이익.

차를 갓길에 세우고는 고개를 돌렸다.

"뭐?"

"한마디로 국회의원 할 생각 없냐는 거예요."

"구, 국회의원?"

국회의원.

되기만 한다면 면책 특권에 백 가지가 넘는 혜택이 주어진다고 알려진 사상 최강의 직업.

단 하루만 일해도 매달 120만 원이 주어지는 말 그대로 꿀보직이자, 권력을 향하는 부나방들의 종착지였다.

"뭘 그리 놀라세요. 제가 말씀 안 드렸었나… 미국에서도 비슷한 제안받았었는데."

손석민의 목소리가 한층 커졌다.

"뭐어? 저, 정말이야?"

"표홍준 의원도 안 믿더라고요."

"…그, 그걸 그렇게 거절해도 되는 거냐?"

"그러면 저보고 정치를 하라는 말씀이세요?"

"그, 그런 말은 아니지만……."

"바로 거절했어요. 기분 나빠 보이는 눈치였는데, 괜찮겠죠?"

손석민은 차마 대답하지 못하고, 다시 천천히 차에 시동을 걸었다. 아직 놀람이 가시지 않아 손발이 살짝 떨려왔다.

"여차하면 미국으로 다시 가면 되겠네요. 그렇지 않아도 오라는 데는 많으니까."

속 편한 우민의 말에 손석민이 차 안의 에어컨을 가동시

컸다.

아직 쌀쌀한 봄이었지만 입고 있던 셔츠가 이미 땀에 흠뻑
젖어 있었다.

『재벌 작가』 5권에 계속…